WILFRIED BREMERMANN

Nordpunkt

Buch

Zuerst sieht es nach einem harmlosen Routinefall aus: Die neureiche Eva Wortmann beauftragt Lavinia mit der Beschattung ihres mutmaßlich untreuen Ehemannes. Doch kurze Zeit später ist der Manager tot - ermordet. Hauptverdächtige: Lavinia. Nur mit Mühe kann sie ihre Unschuld beweisen. Nun ist der Fall zu ihrer persönlichen Angelegenheit geworden. Doch je länger sie ermittelt, desto undurchsichtiger wird der Fall. Als sie Spuren verfolgt, die ins Mindener Rotlichtmilieu führen, gerät sie in das tödliche Umfeld des Bordellkönigs Johann Müller.

Autor

Wilfried Bremermann, geboren 1963 im westfälischen Rahden, schreibt seit fast 20 Jahren internationale Thriller. Sein erster regional angehauchter Krimi "Die Babylon-Falle" erschien 2014 und fand große Anerkennung beim Publikum. "Nordpunkt" ist der erste Roman einer Reihe um die witzige und einzelgängerische Privatdetektivin Lavinia Borowski, die im Mühlenkreis Minden-Lübbecke ermittelt.
Wilfried Bremermann ist Mitglied im SYNDIKAT und im Bundesverband junger Autoren.
Im Internet finden Sie Wilfried Bremermann unter: www.wilfried-bremermann.de.

Weitere Bücher von Wilfried Bremermann:

Die Hoffmann-Affäre
Der Golf-Zwischenfall
Der Armageddon-Plan
Die Babylon-Falle
Das Arkham-Manuskript
Die virginische Nymphe

Wilfried Bremermann

Nordpunkt

Ein Lavinia Borowski Krimi

www.tredition.de

© 2017 Wilfried Bremermann
Umschlag, Illustration: Vorderseite Autor, Rückseite Franck Camhi, Fotolia
Verlag: tredition GmbH, Hamburg

ISBN
978-3-7345-8675-0(Paperback)
978-3-7345-8676-7(Hardcover)
978-3-7345-8677-4 (e-Book)

Printed in Germany

Für Hannelore

(1937 – 2016)

1

In dem Moment, als ich meinen Wagen auf den Parkplatz steuerte, wusste ich, dass dieser Tag anders werden würde als die Tage, die ich gewohnt war. Der BMW, der dort thronte, ließ meinen acht Jahre alten Focus wie das Fahrzeug eines Sozialhilfeempfängers aussehen. Er nahm nahezu die gesamte Parkfläche ein und zwang mich, zurückzusetzen und am Randstreifen der Straße zu parken. Eine Frau stieg aus und kam auf mich zu. Ich stieg ebenfalls aus und schloss den Wagen ab.

„Frau Borowski?"

Ich nickte. „Ja."

„Lavinia Borowski?"

„Immer noch."

„Ich hatte Sie mir älter vorgestellt."

„Danke für das Kompliment." Ich versuchte höflich zu bleiben und ließ ein schmales Lächeln über meine Lippen wandern.

Die Frau war groß und schlank, flach und steif. Wie ein Model. Um die Augen und die Mundwinkel herum zeichneten sich Andeutungen von Krähenfüßen ab. Die Frau war also mittleren Alters und verbrachte wahrscheinlich täglich mehrere Stunden im Fitnessstudio und auf dem Tennisplatz. Die dunkle Pelzjacke, die sie trug, passte hervorragend zu ihren dunkelbraunen Augen und dem brünett gefärbten Haar, das in Wellen ihr schmales Gesicht umrahmte. Der dunkelrote Lippenstift passte zu ihrer gebräunten Haut, so wie der BMW zu ihrer ganzen Erscheinung passte. Alles passte bei ihr zusammen.

Als die Frau mir die Hand gab, rutschte ihre Jacke ein Stück am Arm hoch und gab den Blick auf eine mit funkelnden Steinen besetzte Uhr frei. Jetzt begann auch sie zu lächeln. „Entschuldigen Sie, ich war unhöflich. Aber Privatdetektive habe ich mir immer älter vorgestellt."

Ich roch schweres Parfüm, das so steif war wie seine Trägerin. „Gehen wir lieber ins Büro. Hier draußen frieren wir uns noch den Arsch ab."

Während ich das sagte, setzte ein leichter Nieselregen ein, der meine Worte bestätigte und den kalten Novembermorgen noch kälter machte. Ich schloss die Tür zu meinem Büro auf und bat die Frau hinein. Kalte Luft schlug uns entgegen. Ich hasse es, kalte Räume zu betreten, aber die Heizung die Nacht über laufen zu lassen, kann ich mir nicht leisten. Ich bot der Frau einen Stuhl an, aktivierte die Heizung und hängte meine Jacke an den Kleiderhaken. Die Frau öffnete ihre Jacke, behielt sie aber an. Die Perlenkette an ihrem Hals klapperte, als sie sich setzte. Ich ging zur Kaffeemaschine und blickte zurück. „Kaffee?"

„Ja, bitte."

Die Frau musterte das Büro. Im Vergleich zu dem Umfeld, in dem sie sich üblicherweise bewegen würde, wirkte es sicher klein und schäbig. Ein Schreibtisch, ein Drehstuhl, zwei Besucherstühle, ein Aktenschrank, ein PC mit Röhrenmonitor, ein Ficus. Der Baum war das Einzige, was neu war, alles andere war gebraucht gekauft, und der Kredit lief noch. Zwei weitere Räume enthielten die Toilette und ein Feldbett, das ich noch nie gebraucht hatte. Ich hatte es seinerzeit angeschafft, weil ich nach Konsum unzähliger Krimis und Detektivromane davon ausgegangen war, dass man so etwas braucht. Die zweihundert Euro hätte ich sparen können.

Ich nahm hinter meinem Schreibtisch Platz. „Also, Frau ...“

Die Frau richtete ihren Blick auf mich. Ihre Augen verrieten Unsicherheit, die Hände klammerten sich an eine teure Handtasche. Sie saß auf der Stuhlkante, die Füße leicht gespreizt, als wollte sie schon wieder aufstehen. „Oh, Entschuldigung, ich habe mich noch nicht vorgestellt. Mein Name ist Müller-Wortmann, Eva-Maria Müller-Wortmann.“

Sie stockte. Ich forderte sie mit einem Nicken auf fortzufahren.

„Sagen Sie, sind Sie wirklich Detektivin?“

Ich zeigte mit dem Daumen auf meine Zulassung, die in einem Bilderhalter ohne Rahmen an der Wand hinter mir hing. Ich wollte nicht angeben, aber eine Bewegung mit dem Daumen ist praktischer und zeitsparender, als das Papier ständig aus einem Ordner hervorzuholen.

„Ich hatte geglaubt, Detektive müssten älter sein und über mehr Lebenserfahrung verfügen.“

Ich schluckte es stumm hinunter. „Frau Müller-Wortmann, ich gehe davon aus, dass Sie sich auf meiner Website über mich erkundigt haben. Dann werden Sie zweifellos wissen, dass ich fünf Jahre bei der Polizei und zwei Jahre bei einem Sicherheitsdienst gearbeitet habe. Das ist mehr Erfahrung als ein arbeitsloser Maurer hat, der in ein paar Lektionen Fernstudium seine Detektivausbildung genossen hat und auf die Menschheit losgelassen wird."

Eva Müller-Wortmann ließ nicht erkennen, ob meine Antwort sie beleidigt hatte. „Aber Ihre Homepage sagt nichts über Ihr Alter."

„Benötigen Sie einen Detektiv oder einen Psychiater?" Ich beugte mich über den Schreibtisch. „Vergessen wir doch einfach für ein paar Minuten mein Alter."

„Lavinia. Ich meine, der Name klingt ... Wie soll ich sagen? Altmodisch? Würdevoll?"

„Als meine Eltern meinen Namen aussuchten, sahen sie im Fernsehen einen Bericht über ein Lawinenunglück. Profan, ich weiß. Aber so ist es." War es nicht, aber die Leute lieben außergewöhnliche Dinge. In Wirklichkeit wurde eine Münze geworfen. Es gab die Wahl zwischen Lavinia und Virginia; auch meine Eltern liebten das Außergewöhnliche.

„Kommen Sie aus Polen?"

Ich starrte Eva an, meine Brauen wanderten in die Höhe wie ein Fahrstuhl. „Bitte?"

„Ihr Name. Borowski. Das ist doch polnisch, oder?"

Jetzt musste ich lachen. „Ja, das ist polnisch. Ein Großvater von mir mit ungefähr zwanzig Urs vor dem Großvater kam aus Polen. Aber ich bin Deutsche, und ich kann Ihnen versichern, dass ich kein Wort Polnisch spreche. Mögen Sie keine Polen?"

Eva errötete. „Doch, doch, ich ... Ach, es ist doch nur ein Name."

„Nun gut, Frau Müller-Wortmann, nachdem Sie jetzt meinen Lebenslauf und meinen Stammbaum kennen – was kann ich für Sie tun?"

Eva lehnte sich auf ihrem Stuhl zurück. Der Griff um ihre Handtasche wurde fester. „Mein Mann betrügt mich. Das heißt, ich nehme an, er tut es."

„Verstehe. Und ich soll Ihnen den Beweis liefern, dass es so ist."

Eva nickte.

„Wie kommen Sie darauf, dass er Sie betrügt?"

„Eine Frau spürt so etwas. Sind Sie verheiratet?"

Ich verneinte.

„Nun, dann können Sie es natürlich nicht spüren. Es sind Kleinigkeiten, kaum merkliche Veränderungen. Erst kommen sie abends später als üblich nach Hause. Irgendwann fehlen sie dann auch am Wochenende."

„Wie lange geht das bei Ihnen schon so?"

„Etwa ein Vierteljahr."

„Seit diesem Zeitpunkt macht Ihr Mann also Überstunden und arbeitet auch am Wochenende?"

„Wenn Sie es so ausdrücken wollen. Aber wir wissen natürlich beide, was er in Wirklichkeit tut."

„Sie meinen, er poppt eine andere?"

Eva verzog das Gesicht. „Ich hätte es anders ausgedrückt, aber ja, so kann man es sagen."

„Wie lange sind Sie verheiratet?"

„Sieben Jahre. Ich weiß, was Sie sagen wollen: das verflixte siebte Jahr."

„Frau Müller-Wortmann, wie wäre es, wenn Sie mir alles der Reihe nach erzählen würden? Beginnen wir mit dem Anfang. Wie haben Sie Ihren Mann kennen gelernt? Was machen Sie beide beruflich? Wo wohnen Sie? Wo arbeiten Sie? War Ihre Ehe bis zu dem vermuteten Verhältnis Ihres Mannes glücklich? Wenn ich mir ein Bild von Ihrer Ehe machen kann, weiß ich, was getan werden muss."

Eva lehnte sich noch weiter auf ihrem Stuhl zurück. Es knarzte, und es sah so aus, als würde die Rückenlehne brechen.

„Ich lernte Walter vor acht Jahren kennen. Er war Leiter der Kreditabteilung der Sparkasse. Das ist er übrigens auch heute noch."

„Welcher Sparkasse?"

„Rahden. Wir wohnen in Preußisch Ströhen."

Ich machte mir Notizen.

„Ich wollte mich damals als Übersetzerin selbstständig machen. Ich hatte Sprachen studiert, germanische und romanische. Es gibt eine Menge zu übersetzen: Bücher, Geschäftsbriefe für Firmen und Tausende anderer Sachen. Ich merkte schnell, dass damit gutes Geld zu verdienen war. Also kündigte ich bei der Firma, bei der ich damals angestellt war, und eröffnete mein eigenes Büro. Walter bewilligte mir den Kredit dafür. Wir trafen uns drei oder vier Mal in der Sparkasse, dann war der Kredit ausgezahlt und unsere Wege trennten sich wieder. Bis dahin war es also nur eine Geschäftsbeziehung; wir hatten noch nichts Privates miteinander.

Kurze Zeit später begegneten wir uns wieder. Es war im Sommer 2005. Ich machte zwei Wochen Urlaub auf Ibiza. Eines Tages lag ich wie gewöhnlich dösend am Strand, und auf einmal stand er vor mir. Im ersten Moment waren wir beide ein bisschen verlegen."

Ein verträumtes Lächeln schlich sich auf Evas Lippen, bevor sie fortfuhr. „Ich trug nur ein knappes Bikinihöschen und er eine dünne Badehose, die erahnen ließ, was darunter steckte. Es ist lächerlich, wenn man sich halb nackt gegenübersteht und Sie sagt. Also waren wir schnell beim Du. Die nächsten Tage trafen wir uns regelmäßig, und es dauerte nicht lange, bis wir im Bett landeten. Drei Monate später wurden wir ein Ehepaar."

„Ich glaube, der Kaffee ist fertig." Ich holte die Kanne und schenkte ein. Ich sah zu, wie Eva Milch und Zucker einrührte, und fragte: „Was war vor Walter? Hatten Sie Beziehungen oder Ehen?"

Eva trank einen Schluck und schüttelte den Kopf. „Ans Heiraten hatte ich nie gedacht. Es gab ein paar lose Beziehungen, aber nie etwas Ernstes. Ich liebte meine Unabhängigkeit."

„Außer bei Walter."

„Außer bei Walter. Es hat uns einfach überrollt. Vielleicht war es ein Fehler."

„Nun, immerhin hat Ihre Ehe bisher sieben Jahre gehalten. Hatte Ihr Mann vor Ihrer Ehe Beziehungen?"

„Er war einmal verheiratet. Aber das war lange vor unserer Zeit. Walter ist zehn Jahre älter als ich."

„Gut, Sie heirateten also. Verzeihen Sie bitte die Frage, aber sie ist absolut wichtig: War Ihre Ehe glücklich?"

„Absolut. Wir unternahmen viel zusammen. Wir hatten regelmäßig Verkehr. Vielleicht war es hilfreich, dass jeder von uns seinen Job hat und tagsüber beschäftigt ist. Wenn man sich nur am Feierabend und an den Wochenenden sieht, hält das die Beziehung am Laufen."

„Sie sagten, vor etwa drei Monaten hätte die Veränderung begonnen. Was änderte sich?"

„Sehen Sie, der Posten eines Abteilungsleiters bringt es mit sich, dass man viel Arbeit hat und die eine oder andere Überstunde ableisten muss. Walter hat aber immer aufgepasst, dass es im Rahmen blieb. Doch seit einem Vierteljahr ufert es aus. Er ist kaum vor acht zu Haus. Selbst am Wochenende geht er ins Büro; das hat er früher nie getan."

„Ist er wirklich im Büro?"

„Ja. Meistens, jedenfalls. Denken Sie nicht, dass ich nicht schon einige Kontrollanrufe gemacht hätte."

„Und die Frau, mit der er Sie betrügt? Haben Sie sie schon einmal gesehen?"

„Nein, das ist ja das Verrückte." Ihre Augen wurden rot und wässrig. „Zwei Mal habe ich ihn sogar schon im Büro überrascht. Samstags. Fehlanzeige. Er war immer allein."

„Sind Sie sicher, dass eine Frau dahinter steckt?"

„Frau Borowski, bleiben Sie realistisch. Was soll es denn sonst sein?"

„Nun, Frau Müller-Wortmann, wenn ich Sie mir so betrachte: Sie sind eine attraktive Frau, und Sie sagten, Sie haben regelmäßig Sex mit Ihrem Mann …"

„Nach sieben Jahren ist der Lack ab. Walter kennt mich in- und auswendig. Männer brauchen Abwechslung. Midlife-Crisis."

„Wie alt ist Walter?"

„Neunundvierzig."

„Demnach sind Sie neununddreißig."

„Woher wissen Sie das?"

„Sie sagten vorhin, Sie wären zehn Jahre jünger als Ihr Mann."

15

„Richtig", sagte Eva leise und errötete.

„Also, Frau Müller-Wortmann, fassen wir zusammen. Sie gehen davon aus, dass Ihr Mann Sie betrügt, weil er seit einem Vierteljahr lieber ins Büro geht als seine Freizeit mit Ihnen zu verbringen. Und Sie möchten, dass ich Ihnen den Beweis dafür liefere."

„Ja."

„Hatten Sie und Walter in den letzten drei Monaten Sex?"

Wieder errötete Eva. „Nur zwei Mal. Und beide Male kam es nicht zum Höhepunkt. Ich spürte, dass Walter abgelenkt war. Kann wohl auch nicht anders sein, wenn er mit einem anderen Flittchen rummacht."

„Gut. Die übliche Vorgehensweise ist, dass ich Ihren Mann observiere. Es würde mir helfen, wenn Sie ein Foto von ihm hätten und mir etwas über seine Gewohnheiten erzählen könnten."

Eva begann, in ihrer Handtasche zu kramen. Wenige Sekunden später hielt sie ein Foto in der Hand. „Ich habe mir gedacht, dass Sie eins brauchen."

Ich nahm das Bild und betrachtete es. Es zeigte einen Endvierziger mit beginnender Stirnglatze an einem Schreibtisch. Die Büroeinrichtung ließ vermuten, dass es in der Sparkasse aufgenommen worden war. Das Haar war noch dunkel, jedoch zeigten sich erste graue Stellen. Blaue Augen blickten freundlich aus einem intelligenten Gesicht.

Obwohl das Bild unterhalb des Herzens aufhörte, ließ sich erkennen, dass der Mann schlank war. Auf Frauen, die auf reifere Männer standen, konnte er durchaus attraktiv wirken.

„Das Bild wurde vor einem Jahr in der Sparkasse anlässlich seines Jubiläums aufgenommen", sagte Eva.

„Ich nehme an, dass die Stadtsparkasse ihre Kreditabteilung in ihrem Hauptgebäude in Rahden hat."

Eva nickte.

„Gut. Ich kenne das Gebäude. Wann hat Walter in der Regel Feierabend?"

„Die Sparkasse schließt um halb fünf, aber Walter bleibt meist bis sechs."

„Wo parkt er sein Auto?"

„Auf dem Sparkassenparkplatz. Die Angestellten dürfen allerdings nicht direkt an der Sparkasse parken, weil der Bereich den Kunden vorbehalten ist, sondern müssen den etwas entfernter liegenden Parkplatz hinter Ortgies benutzen."

„Gibt es mehrere Ausgänge?"

„Die Mitarbeiter benutzen den Personaleingang, der auf den Parkplatz geht."

„Wo liegt das Büro Ihres Mannes?"

„Im ersten Stock, auch zur Parkplatzseite."

„Was für einen Wagen fährt er?"

„Einen schwarzen Jaguar. Das Kennzeichen ist MI – WW 1."

„Sagen Sie, wie viel verdienen Sie beide eigentlich?"

„Warum wollen Sie das wissen?" Dann ging ihr ein Licht auf. Sie blickte an sich herunter und sagte: „Ach, die Nerzjacke. Nun, mein Übersetzungsbüro läuft ganz gut. Aber eigentlich ist es nur Beschäftigungstherapie für mich. Sollten Walter und ich uns trennen, hätte ich ein finanzielles Problem."

Schon klar. „Und Walter?"

Eva zuckte die Achseln. „Keine Ahnung. Um unsere Finanzen kümmert er sich. Er ist der Banker. Sein Einkommen ist gut, aber bis vor kurzem haben wir bescheiden mittelständisch gelebt."

„Bis vor kurzem?"

„Dann machte Walter eine Erbschaft. Eine entfernte Tante hat ihm ein kleines Vermögen hinterlassen."

„Wie klein?"

Wieder hob sie die Schultern. „Ich weiß es nicht, aber es war bestimmt sechsstellig. Jedenfalls können wir uns seitdem richtig etwas leisten."

„Tiere, zum Beispiel? Wie Nerze und Jaguare? Gut, Frau Müller-Wortmann, ich nehme den Auftrag an. Geben Sie mir bitte Ihre Anschrift und die Telefonnummer, unter der ich Sie jederzeit erreichen kann."

Eva gab mir ihre Karte und ich erledigte den Papierkram. Nachdem sie eine zweite Tasse Kaffee getrunken hatte, stand Eva auf und verabschiedete sich.

Ich erhob mich ebenfalls. „Sagen Sie, nur so aus Neugier: Wie sind Sie auf meine Person gestoßen?"

Eva grinste. „Ihr Name war der interessanteste im Telefonbuch."

Danke, Laviniaseite. Ich sah ihr zu, wie sie in den BMW stieg. Dann fiel mir noch etwas ein. „Eine Frage noch, Frau Müller-Wortmann. Die Erbschaft Ihres Mannes, wann war das noch gleich?"

„Vor drei Monaten."

2

Ich schloss das Büro ab, fuhr nach Hause und tauschte Jeans und Pullover gegen Kostüm und Bluse. Eine halbe Stunde später war ich in Rahden. Als ich auf den Parkplatz der Sparkasse bog, begann es zu regnen. Ich schnappte mir meine dunkle Aktenmappe aus Lederimitat und lief in das Gebäude, lediglich benetzt von ein paar Regentropfen.

„Guten Tag. Mein Name ist Borowski. Ich habe einen Termin bei Herrn Wortmann."

Das Mädchen am Schalter lächelte freundlich und zeigte mir den Weg. Ich musste nicht lange warten. Nach nicht einmal fünf Minuten öffnete sich die Tür und Walter Wortmann bat mich herein. Er war groß, beinahe eins neunzig, und kräftig. Ein durchtrainierter Beschützertyp. Sein Büro war so schwer wie seine Geschäfte: ein schwerer Eichenschreibtisch, schwere Sessel, schwere Aktenschränke aus Massivholz. Das einzig Leichte in dem Zimmer war das Foto auf dem Schreibtisch, das Eva in einem luftigen Sommerkleid zeigte. Wortmann lächelte höflich und gab mir die Hand. „Bitte, Frau Borowski, nehmen Sie Platz."

Er wartete, bis ich auf einem der Besuchersessel Platz genommen hatte, und setzte sich mir gegenüber. Ich achtete darauf, dass mein Rock beim Sitzen nach oben verrutschte und den Blick auf meine Schenkel freigab. Meine Bluse war so weit geöffnet, dass der Ansatz meiner Brüste gut zu sehen war. Dennoch widmete Wortmann meinen Reizen keinen Blick. Er sah mir in die Augen. Streng geschäftlich. Das Gespräch konnte beginnen.

„Herr Wortmann", sagte ich, „ich bin Ihnen dankbar, dass Sie so kurzfristig einen Termin für mich einräumen konnten."

Wortmann lächelte höflich. Gepflegte weiße Zähne strahlten aus seinem geöffneten Mund. „Flexibilität zeichnet erfolgreiche Geschäftsleute aus, nicht wahr? Kaffee?"

Ich winkte ab.

„Also gut, was kann ich für Sie tun, Frau Borowski?"

Ich öffnete meine Aktenmappe und entnahm ihr einen Stapel Papiere, die ich vor Wortmann auf den Tisch legte. „Ich möchte mich als Privatdetektivin selbstständig machen."

Eine Stunde später war ich wieder auf dem Parkplatz der Sparkasse. Der Regen war in einen heftigen Schauer übergegangen. Als ich mein Auto erreichte, war ich nass bis auf die Haut. Ich startete den Motor und drehte die Heizung auf. Die Scheiben beschlugen dennoch. Ich zog eine Jacke über und wartete, bis der Wagen warm genug war. Zwischendurch betätigte ich den Scheibenwischer und wischte die Innenseite der Scheiben mit einem Tuch. Als sie klar genug waren, schaltete ich den Motor wieder aus. Im Nu war die Scheibe von außen wieder verschleiert. Ich holte das Handy aus der Handtasche. Während ich wählte, sah ich zu, wie die Tropfen aus meinem Haar fielen und Sitz und Armaturen benetzten. Eva war sofort am Apparat.

„Frau Müller-Wortmann, ich war gerade bei Ihrem Mann."

„Sie haben ihn besucht? In der Sparkasse?" Evas Stimme klang nervös.

„Mich interessierte die Lage seines Büros. Außerdem schien es mir wichtig, ihn persönlich kennenzulernen. Ich habe ein Kreditgespräch vorgetäuscht."

„Waren Sie erfolgreich?" Evas Stimme enthielt eine Spur zu viel Sarkasmus.

„Er hat abgelehnt. Damit hatte ich gerechnet. Wie auch immer, er schien mir nicht ganz bei der Sache. Er hörte mir nicht richtig zu und blickte ständig zur Uhr."

„Wahrscheinlich hat er ein Date mit seinem Flittchen."

„Ich bin mir nicht sicher, ob es eine andere Frau gibt. Sehen Sie, Männer wie Walter, in mittlerem Alter, sexuell noch aktiv, schauen für gewöhnlich allem nach, was zwei Höcker hat, wenn Sie verstehen, was ich meine."

„Ich verstehe Sie durchaus, Frau Borowski." Die Stimme war jetzt schnippisch.

„Ich bin Ihrem Mann gegenüber ziemlich offenherzig aufgetreten: offene Bluse, hochgeschobener Rock. Jeder andere Mann hätte mich mit seinen Augen ausgezogen. Nicht jedoch Walter. Glauben Sie mir, ich habe ihn genau beobachtet. Nicht eine Sekunde richtete er seinen Blick auf meinen Busen oder meine Beine."

„Wollen Sie mir erzählen, Walter sei in Wirklichkeit frigide?"

„So weit würde ich nicht gehen. Tatsache ist jedenfalls, dass er mich nicht als Frau wahrgenommen hat. Das schließt natürlich nicht aus, dass er eine Geliebte hat. Aber da ist irgendetwas anderes. Etwas, das ihn beschäftigt. Das ihn belastet. Er musste sich regelrecht auf unser Gespräch konzentrieren, seine Gedanken wurden immer wieder abgelenkt."

„Selbstverständlich. Von dem Flittchen. Hören Sie, Frau Borowski, ich habe Sie nicht engagiert, damit Sie meinen Mann entlasten. Sie sollen Beweise finden, dass ich recht habe."

„Natürlich. Wenn es Beweise gibt, werde ich sie finden. Ich möchte nur nicht, dass Sie enttäuscht sind, wenn es gar keine andere Frau gibt und Walter in Wahrheit ganz andere Probleme hat."

„Auch für einen solchen Beweis wäre ich Ihnen selbstredend dankbar. Leider spricht er nicht mit mir über seine Sorgen. Jedenfalls nicht mehr seit seiner Erbschaft."

„Nun gut, Frau Müller-Wortmann. Ich stehe hier noch vor der Sparkasse und beobachte das Büro Ihres Mannes. Wenn er rauskommt, werde ich ihm nachfahren. Vielleicht wissen wir in ein paar Stunden mehr."

Ich wartete. Ab und an betätigte ich den Scheibenwischer, um durch die Wassermassen, die auf den Focus fielen, etwas erkennen zu können. Jede Viertelstunde schaltete ich zudem die Heizung an. Trotzdem war ich durchgefroren bis auf die Knochen, als Walter Wortmann nach einer Stunde durch den Personaleingang der Sparkasse nach draußen marschierte.

„18.05 Uhr. W. verlässt die Sparkasse und geht zu seinem Auto." Ich legte das Diktiergerät beiseite und überprüfte zum tausendsten Mal die Kamera. Ich schoss ein Foto und betrachtete das Ergebnis. Es war zufriedenstellend.

Unterdessen hatte Wortmann einen Schirm aufgespannt und lief in großen Schritten über den Parkplatz. Ich sah zu, wie er in seinen Wagen stieg, und startete den Focus.

Wortmann war nicht zimperlich. Der Jaguar preschte mit überhöhter Geschwindigkeit durch die dunkle Stadt. Doppelt so schnell wie erlaubt erreichte er die B 239. Die Fahrt ging Richtung Norden. Nach Preußisch Ströhen, wo die Wortmanns wohnten. Meine Tachonadel zeigte hundertfünfzig. Der Focus stieß an seine Grenzen. Dass ich den Anschluss nicht verlor, verdankte ich allein dem dünnen Verkehr. In Ströhen verlor ich dennoch den Überblick. Es ging durch dunkle Seitenstraßen und Feldwege, vorbei an Bauernhöfen und Viehweiden. Kühe glotzten mir mit glühenden Augen nach. Menschen waren nicht draußen; Dunkelheit, Kälte und Regen fesselten sie an ihre Häuser.

Mir wurde klar, dass Walter nicht nach Hause fuhr. Der Ort lag längst hinter uns. In einem unscheinbaren Nebenweg in der Nähe eines bebauten Platzes hielt der Jaguar schließlich. Ich fuhr vorbei und folgte dem weiteren Verlauf der Straße. Im Rückspiegel sah ich, dass Wortmann ausstieg. Ein paar Hundert Meter hinter dem Jaguar hielt ich an, löschte das Licht und verließ die trockene Wärme des Fords.

Irgendwo hinter einer Kilometer dicken Wolkendecke hatte sich der Mond versteckt. Es war stockfinster, als ich den Weg zurücklief, eine Taschenlampe in der Hand, Kamera, Diktiergerät und Notizbuch in der Jacke. Der Regen brauchte keine dreißig Sekunden, um mich bis auf die Haut zu durchtränken. Ich fror.

Nach zweihundert Metern löschte ich die Lampe. Die Straße verlief schnurgerade und war auch im Dunkeln gut zu gehen. In Höhe des Jaguars blieb ich stehen. Das Donnern des Regens auf dem harten Asphalt übertönte alle Geräusche. Ich wandte mich nach rechts, dorthin, wo Wortmann Minuten zuvor gegangen war.

Der Boden unter meinen Füßen änderte sich und ich geriet ins Straucheln. Im letzten Moment fing ich mich. Leise fluchend setzte ich meinen Weg fort. Es wurde matschig. Die Taschenlampe einzusetzen, wagte ich nicht. Wortmann konnte überall stehen und mein Licht sehen.

Dafür ging ein anderes Licht an. Ich warf mich zu Boden. Im nächsten Moment sah ich, dass ich vor einem Gebäude lag, aus dessen Fenster das Licht nach draußen fiel. Der schmale Lichtschein erhellte einen winzigen Streifen des Platzes, auf dem ich lag, endete aber weit vor meiner lang ausgebreiteten Gestalt. Schnell sprang ich auf und lief auf das Gebäude zu, sorgfältig darauf achtend, nicht in den Bereich des Lichts zu geraten.

Vorsichtig umrundete ich das Gebäude, das aus Holz zu bestehen schien. Die Eingangstür stand offen, als erwarte Wortmann Besuch. Durch eines der Fenster warf ich einen Blick hinein. Im Licht einer Wandlampe, die Wortmann eingeschaltet hatte, erkannte ich eine Einrichtung, die nach Gastronomie aussah: Tische, Stühle, eine Theke. Die Fenster waren mit bunten Gardinen umrahmt, die aber nicht vorgezogen waren.

Wortmann stand in der Mitte des Raumes und zündete Teelichte an, die auf den Tischen standen. Dann wandte er sich um und kam direkt auf das Fenster zu, hinter dem ich stand. Ich duckte mich. Als ich hochblickte, sah ich, dass Wortmann nur den Vorhang zugezogen hatte. Ich richtete mich auf und atmete auf. Wie ich erkennen konnte, war er nicht ganz gründlich gewesen. Ein kleiner Spalt war geblieben, durch den ich hineinsehen und beobachten konnte, wie er die weiteren Fenster verdunkelte. Der Lichtschein auf dem Platz erlosch, als das letzte Fenster zugezogen war.

Danach passierte eine Weile gar nichts. Wortmann nahm auf einem der Stühle Platz und steckte sich eine Zigarette an. Hin und wieder warf er einen Blick auf seine Uhr, als wartete er auf etwas. Ich sah zu und wartete ebenfalls. Der Dachüberstand bot Schutz vor dem Regen, nicht viel, aber genug, um nicht ständig weiteren kalten Güssen ausgesetzt zu sein. Die Kälte blieb. Ab und an bewegte ich meine Füße, aber meinen Platz verlassen konnte ich nicht. Es war offenkundig, dass an diesem Abend noch etwas geschehen würde.

Ich war überrascht, dass nur zehn Minuten vergangen waren, als ich durch den plätschernden Regen hindurch Motorengeräusche hörte. Ich spannte mich. Jenseits des Platzes, auf der befestigten Straße, entdeckte ich die Scheinwerfer eines Autos, das hinter dem Jaguar parkte. Gleich danach kam ein weiteres Fahrzeug. Die Lichter erloschen. Autotüren klapperten. Und dann kamen Personen auf mich zu.

Ich zog mich weiter in die Dunkelheit hinter der Hütte zurück. Gleich darauf ging die Tür auf. Im Schein des herausfallenden Lichts waren die Personen aus den Autos erkennbar, eine Frau und zwei Männer, wobei einer von ihnen so fett war, dass er für zwei durchgehen konnte. Einige Schritte hinter ihnen ging ein weiterer Mann. Als alle in dem Gebäude waren, schloss sich die Tür. Ich schlich an meinen Platz hinter dem Fenster zurück. Vorsichtig legte ich ein Ohr an die Glasscheibe, doch durch das kalte Isolierglas war nur dumpfes Gemurmel zu vernehmen. Ich holte die Kamera hervor, überzeugte mich, dass das Blitzlicht ausgeschaltet war, und schoss ein halbes Dutzend Fotos.

Nachdem die Begrüßung gelaufen war, nahmen die Männer auf den Stühlen an dem Tisch, an dem Wortmann gesessen hatte, Platz. Die Frau blieb stehen. Dann verstummte das Gemurmel in der Hütte. Ich betrachtete die Frau eingehender. Was ich sah, war eigentlich noch keine Frau, sondern vielmehr ein Mädchen im Übergang von der Pubertät zum Erwachsenwerden. Sie war nicht groß, keine eins siebzig, von hagerer Gestalt, blond, und sie zitterte. Sie trug einen billigen Minirock, eine billige bunte Bluse und billige Pumps, die sie jetzt von ihren schlanken Füßen streifte. Ihr Gesichtsausdruck war eine Mischung aus Neugier und Angst. Ich brauchte einen Augenblick, um zu erkennen, dass es wirklich Angst war. Die Kleine zitterte demnach nicht nur vor Kälte.

Nach den Schuhen folgten die Bluse und der Rock. Das Mädchen trug keine Unterwäsche. Ich machte weitere Fotos. Noch während ich damit beschäftigt war, begann das Mädchen sich im Kreis zu drehen. Es reckte die Arme in die Höhe und stellte sich auf die Zehenspitzen. Danach lief es zwei Mal in der Hütte auf und ab und blieb schließlich vor dem Kleiderhaufen auf dem Boden stehen. Einen Moment sah es zu den Männern hinüber. Als diese sich nicht rührten, zog es sich wieder an.

Während der gesamten Vorstellung hatten die Männer mit ausdruckslosen Gesichtern zugesehen. Wo ich Spaß und Amüsement erwartet hätte, zeigte sich eher Langeweile. Demnach handelte es sich wohl nicht um einen Junggesellenabschied. Von meinem Platz am Fenster konnte ich nur drei der vier Männer sehen, die zugezogene Gardine verdeckte den vierten. Wortmanns Gesicht war so ausdruckslos wie das seiner Freunde, wenngleich sich auch der Schatten eines Widerwillens darin zeigte.

Der Mann neben Wortmann war jünger als er. Seine schlanke Gestalt steckte in einem teuren Anzug. Auf der linken Wange prangte eine drei Zentimeter lange Narbe, die sich senkrecht vom Wangenknochen Richtung Unterkiefer schlängelte und seinem freundlichen Gesicht den Eindruck von Verletzlichkeit aufstempelte.

Einen Stuhl weiter saß der Dicke, den ich für einen Bodyguard hielt. Sein feistes Gesicht und die schwabbelige Gestalt, die aus dem zu engen Anzug herausquoll wie Babykacke aus der Pampers, gaben ihm das Aussehen von Jabba the Hutt. Ein elegantes Hemd und eine teure Krawatte sowie die längste Zigarre der Welt lenkten gnädiger Weise von seinem hässlichen Patriziergesicht und dem speckigen Schädel Marke polierte Platte ab.

Ich zoomte jedes der drei Gesichter heran und porträtierte sie für meine Klientin. Bei dem vierten Mann war es mir nicht möglich, weil er sich immer noch außerhalb des für mich sichtbaren Bereichs befand.

Dann begannen die Männer wieder zu reden. Ich sah ihre Lippen sprechende Bewegungen machen, aber die Isolierscheibe und der Regen verhinderten zuverlässig das Verstehen. Die Männer diskutierten, während das Mädchen unbeteiligt im Raum stand. Schließlich wurde die Diskussion lauter. Ich hörte die Stimmen, ohne die Worte zu verstehen, und sah erregte Gesichter. Offenkundig gab es einen Streit. Wortmann hatte sich von seinem Platz erhoben. Der Dicke mit der Zigarre deutete mit dem Arm auf ihn, gestikulierte wild und schrie ihn an. Der Mann mit der Narbe stand ebenfalls auf, sagte etwas und entfernte sich. Im selben Moment ging die Tür auf.

Ich schlich nach vorn, wo ich den Eingang besser beobachten konnte. Der Narbige verließ das Gelände und ging zur Straße. Dort nahm er Kurs auf seinen Wagen. Ich folgte ihm. Der Mann stieg in das Fahrzeug, das sich als ein größeres Audimodell entpuppte, als seine Scheinwerfer die Umgebung erhellten. Eine Sekunde später lief der Motor und der Wagen setzte sich in Bewegung. Rasend schnell entfernte er sich in die Richtung, in der mein Ford stand. Es war zu dunkel, um das Kennzeichen zu erkennen.

Ich ging zurück zu dem zweiten Wagen, mit dem der Dicke und sein Partner sowie das Mädchen gekommen waren. Für einen kurzen Moment wagte ich, die Taschenlampe einzuschalten, um das Modell zu erkennen. Ein Mercedes. Ein dickes Auto für einen dicken Mann. Ich notierte das Kennzeichen. Danach schlich ich zur Hütte zurück.

Der Streit hielt noch immer an. Während der Dicke Wortmann anschrie, stand das Mädchen nach wie vor unbeteiligt daneben, als ginge es das Ganze nichts an. Oder als verstünde es die Sprache nicht. Ich beobachtete, wie Wortmann zurückschrie und dem Dicken mit der Faust drohte. Von dem vierten Mann war immer noch nichts zu sehen.

Der Schlag auf den Hinterkopf erfolgte lautlos und mit der Plötzlichkeit eines Blitzes aus heiterem Himmel. Ich sackte zusammen. Durch den strömenden Regen war ein leises Stöhnen zu vernehmen. Meines. Bevor ich dazu kam, die Situation zu begreifen, gingen die Lichter für mich aus. Erst viel später erfuhr ich, dass der unsichtbare Attentäter sich nicht auf den Schlag allein verlassen hatte. Ein mit Chloroform getränktes Tuch gab mir den Rest.

3

Stimmen sprachen, Füße scharrten. Etwas klickte. Etwas, das nach dem Entsichern einer Pistole klang. Ich öffnete die Augen und blickte in die Läufe zweier Sig Sauer Automatik. Im Hintergrund blinkten bunte Lichter. Die Morgendämmerung war schon vorüber und machte einem klaren kalten Tag Platz, der nach Bodennebel und Morgentau roch.

„Keine Bewegung. Hände auf den Rücken."

Ich brauchte zehn Sekunden, um zu begreifen, dass die Befehle mir galten. Weitere zehn Sekunden vergingen, bis ich erkannte, dass ich mich noch immer auf dem Gelände befand, das ich am Abend zuvor observiert hatte. Und nochmals zehn Sekunden später war klar, dass ich in die Falle getappt war.

Mit gefesselten Händen wurde ich auf die Füße gestellt. Zwei Polizisten standen hinter mir, zwei weitere hielten mich von vorne mit entsicherten Pistolen in Schach. Ein schneller Blick genügte, um zu erkennen, was geschehen war. Meine Jacke stand offen, Rock und Bluse waren zerrissen und wiesen dunkle Flecken auf. Hätte ich die Jacke durchsuchen können, würde ich wahrscheinlich feststellen, dass die Taschen leer waren. Keine Papiere, kein Notizbuch, keine Kamera. Dafür lag zu meinen Füßen ein Messer mit dickem Griff und langer gezackter Klinge, die Flecken aufwies von derselben Farbe wie jene auf meiner Jacke.

Zehn Meter vor mir, rechts von der Hütte, standen neun überlange Holzpfähle, die in den nackten Boden gerammt worden waren. In der Mitte des Platzes gab es einen weiteren Pfahl, der bunt geschmückt war und der Jahreszeit zum Trotz an einen Maibaum erinnerte. An diesem Pfahl hing ein Mann, die Füße nach oben, den Kopf nach unten. Das Gesicht war nicht erkennbar. Das Blut, das aus der durchschnittenen Kehle geströmt war, hatte das Gesicht in eine maskierte Fratze verwandelt, bevor es sich unter seinem Kopf, der dreißig Zentimeter über dem Boden hing, in einer dunklen, hässlichen Lache gesammelt hatte. Der Mann war mit an den Körper gebundenen Händen mit dicken Plastikseilen an den Pfahl gefesselt. Der Anzug verriet seine Identität. Eva Müller-Wortmann musste sich um Seitensprünge ihres Gatten keine Gedanken mehr machen.

Außer mir, der Leiche, dem Notarzt und hunderttausend Polizisten war niemand zu sehen. Das nächtliche Treffen war natürlich aufgelöst, der Dicke mit seinen Partnern und dem Mädchen verschwunden. Geblieben waren Kopfschmerzen und eine Erkältung, die von einem ausgekühlten Körper konserviert wurde und sicher über die nächsten Tage gerettet würde. Geblieben war aber auch die Erkenntnis über den Tatort. Wenn man sich auskannte, wusste man, dass es sich um den Nordpunkt handelte, Nordrhein-Westfalens nördlichste Stelle in Rahden-Preußisch Ströhen, im Sommer beliebtes Naherholungsgebiet, im Winter offenbar beliebter Ganovenspielplatz. Die Restaurationshütte stand offen und wimmelte von Uniformierten, die sich Mühe gaben, der Spurensicherung die Arbeit zu erschweren. Um die Eisenplatte, den eigentlichen Nordpunkt, die einsam an der Straße stand, kümmerte sich niemand. Die meisten Polizisten standen um den Totempfahl mit dem verblichenen Walter Wortmann.

„Wer sind Sie?"

Die Frage kam von einem Beamten in Zivil, der plötzlich aus den Reihen der Uniformierten auftauchte, ohne dass er mir zuvor aufgefallen war. Seine Gestalt war groß und Ehrfurcht gebietend. Kalte blaue Augen in einem aus Stein gemeißelten Gesicht. Sauberer Scheitel, sauberer Anzug, saubere Schuhe. Krawatte. Unter den Kriminalbeamten, mit denen ich sonst zu tun hatte, eine Ausnahmeerscheinung. Auf jeden Fall ein Mann, der Autorität ausstrahlte und Respekt gewohnt war.

Ich antwortete ohne Zögern. Gegenüber solchen Alphamännchen war es besser, den Respekt zu heucheln, den sie erwarteten. Ob er ihn verdient hatte, würde sich zeigen.

„Lavinia Borowski. Ich bin Privatdetektivin."

„Gehört es zu den Aufgaben eines Privatdetektivs, Menschen zu ermorden?" Er sprach das Wort Privatdetektiv aus, wie normale Menschen das Wort Darmentleerung.

Also kein Respekt. „Gehört es zu den Aufgaben eines Polizisten, Unschuldige des Mordes zu bezichtigen?"

Auf dem Gesicht des Beamten erschien ein Grinsen, das wie eine Mischung aus dem Knurren eines Wolfes und der Freude Neros am Brand Roms wirkte. „Ach, sieh mal an. Eine ganz Harte. Dann werden Sie ja wohl auch die harte Tour wollen." Er wandte sich an die Uniformierten. „Zieht die Handschellen fester und legt ihr Fußfesseln an. Mal sehen, ob die Kleine wirklich so tough ist, wie sie tut. Zumindest scheint das Mundwerk größer zu sein als das Gehirn. Und auf jeden Fall größer als das jämmerliche Fahrgestell."

Die Uniformierten warfen sich Augen rollende Blicke zu, als sie den Befehl ausführten. Es war eindeutig, auf wessen Seite sie standen.

Definitiv kein Respekt. „Und mit wem habe ich die Ehre?" Die Fesseln machten mich bewegungsunfähig und schnitten schmerzhaft in meine Gelenke. Aber ich hätte mir lieber die Zunge abgebissen, als auch nur einen Laut des Schmerzes von mir zu geben. Nicht vor diesem Schwanzlosen.

Der Zivile grinste noch immer. „Kriminalhauptkommissar Habermann, Mordkommission Bielefeld. Merken Sie sich den Namen. Die Beschwerdestelle legt großen Wert auf korrekte Angaben. Aber toughe Kerle wie Sie legen ohnehin keine Beschwerde ein, oder? Und falls doch, sparen Sie sie sich lieber. Ich bin für meine Methoden bekannt. Sie mögen härter sein als die meiner verweichlichten Kollegen, aber da meine Erfolgsquote in proportionalem Verhältnis zu meiner Härte steht, habe ich – wie sagt man so schön? - freie Bahn. Sie sehen, eine Beschwerde ist aussichtslos."

„Wurden Sie in Guantanamo ausgebildet?"

„Haha. Humor ist, wenn man trotzdem lacht, oder wie heißt es? Mal sehen, wann Ihnen Ihr Humor vergeht." Habermanns dreckiges Grinsen verschwand von einer Zehntelsekunde zur nächsten. „Schluss jetzt mit dem FAQ. Kommen wir zur Sache. Weshalb haben Sie ihn umgebracht?"

„Wen umgebracht?"

Habermanns Rechte schoss vor und krallte sich in mein Gesicht wie eine Baggerschaufel in steinigen Boden. Ich spürte, wie mir das Blut in die Wangen schoss, als er meinen Kopf in Richtung der Pfähle drehte. Als er sprach, konnte ich seinen warmen Pfefferminzatem riechen. „Den Kalten da, den Schlipsträger."

„Sie sind doch selber einer."

„Was?"

Punkt Borowski. Zum ersten Mal hatte ich es geschafft, ihn zu irritieren. „Ein Schlipsträger."

Habermanns Druck verstärkte sich. Gleich würde mein Schädel platzen.

„Versuchen wir es noch einmal. Warum haben Sie ihn umgebracht?"

„Haben Sie Beweise, dass ich es getan habe?"

Habermanns Hand verschwand aus meinem Blickfeld. Als ich sie wieder sehen konnte, hatte er Gummihandschuhe übergezogen und hielt das blutbesudelte Messer vor mein Gesicht.

„Beweisstück Nummer Eins. Jede Wette, dass ich Ihre schmierigen Fingerabdrücke auf dem Messer finde."

Ich sagte nichts.

„Beweisstück Nummer Zwei: Die Lumpen, die Sie da an dem tragen, was Sie einen Körper nennen." Seine Hand befingerte meine Brust. Während er tat, als ob er meine fleckige Bluse berührte, quetschte er meine Brustwarzen. Ich biss die Zähne zusammen und sagte noch immer nichts.

„Die Flecken dürften eindeutig sein. Nachher im Revier dürfen Sie einen kleinen Striptease einlegen."

„Schon mal darüber nachgedacht, wie ich das Opfer an den Pfahl gewuppt habe? Ich bin eins vierundsechzig und wiege fünfzig Kilo. Der Herr dort drüben ist einen Kopf größer als ich und dürfte um die achtzig Kilo wiegen. Sehen Sie hier irgendwo einen Kran?"

„Wann sind Ihre Komplizen denn abgehauen? Bevor oder nachdem sie Ihnen eins übergebraten haben?"

„Angenommen, es gäbe welche – welchen Grund hätten sie, mich auszuschalten und mir dennoch die Beute zu überlassen? Der Anzug meines Opfers bringt im Secondhand-Laden sicher einen Fuffi."

„Und der Inhalt seiner Brieftasche etwas mehr."

„Touché. Bleibt die Frage, warum ich ihn an einen Pfahl fesseln und ihn ausbluten lassen musste, um ihn auszurauben. Wäre ich die, für die Sie mich halten, würde ich ihm auf elegantere Weise die Brieftasche klauen. Sie können ja mal Ihre Kollegen von der Streife fragen, wie man das heutzutage macht. Und wäre ich eine Mörderin, wäre es wohl einfacher gewesen, ihn einfach abzustechen.

Hören Sie auf mit Ihren Machospielchen, Habermann. Mein Anwalt wird Sie in Ruhe lassen und wir vergessen die ganze Geschichte, wenn Sie mich in meinen ursprünglichen Zustand zurückversetzen."

„Zuvor wollen wir doch erst einmal die Tat rekonstruieren. Nicken Sie, wenn ich mit meiner Vermutung richtig liege. Der Kalte dort drüben wollte Ihnen an die Wäsche. Wahrscheinlich hat er gedacht, die Mieze ist eine leichte Beute. Klein, leicht, zierlich. Keine Gegenwehr. Ein tödlicher Irrtum. Er fällt über Sie her, zerreißt Ihre Garderobe und fängt an, sich an Ihrem Höschen zu vergreifen. Sie sind Privatdetektivin. Pfefferspray wäre zu weibisch für Sie. Sie haben Eier, wollten eigentlich immer schon ein Mann sein. Also tragen Sie für solche Fälle immer ein Messer mit sich herum. Das gute alte Kampfmesser. Bundeswehr? Sykes Fairbairn? Wie viel haben Sie dafür bezahlt auf dem schwarzen Markt? Wie auch immer. In dem Moment, als der Kerl sich an Ihnen versündigen will, ziehen Sie das Messer und schlachten ihn ab. Kann ich verstehen, war ja Notwehr. Kein Gericht der Welt würde Sie dafür verurteilen. Aber dann ticken Sie durch. Kann ich ebenfalls verstehen; Sie sind ja nur eine Frau, auch wenn Sie es nicht wahrhaben wollen. Sie knüpfen das Opfer da drüben auf und wollen es wie einen Ritualmord aussehen lassen. Dummerweise überkommt Sie im Anschluss eine Ohnmacht, weil Sie ja nur eine

Frau sind. Und noch dümmer, dass wir zur Stelle sind, bevor Sie wieder aufwachen."

„Verkaufen sich Ihre Bücher gut? Ihre Geschichte sollte verfilmt werden, hört sich echt spannend an."

Plötzlich war sein Zeigefinger unter meiner Nase. „Für Sie wird es spannend im Kittchen. Vielleicht sollte ich darüber ein Buch schreiben. Im Frauenknast soll es mit jungen Dingern wie Ihnen ja interessante Spielchen geben."

„Ihre Story hat einen Schwachpunkt, Habermann. Wo sind denn auf einmal meine Komplizen geblieben, von denen Sie eben noch sprachen?"

„Das war meine erste Theorie. Aber die Sache mit der Vergewaltigung gefällt mir besser."

„Wobei wir dann wieder bei der Frage wären, wie ich Wortmann an den Pfahl gekriegt habe."

„Ich bin kein Mediziner und kenne den Fachausdruck nicht. Aber die Bücher sind voll von Fällen, in denen Menschen in höchster Not übermenschliche Kräfte entwickeln. Belassen wir es einfach mal bei dieser Hypothese."

„Sollten Sie dann nicht Angst haben, dass ich in diesem Moment wieder übermenschliche Kräfte entwickele, mich losreiße und über Sie herfalle? Sie sind krank, Habermann. Ein Psychologe sollte Sie untersuchen."

„Ich freue mich schon auf *Ihre* Untersuchung."

„Übrigens, woher wussten Sie, dass hier eine Leiche hängt? Wer hat die Polizei verständigt?"

„Drei Mal dürfen Sie raten."

Ich riet nicht. Ich wusste es. „Ein anonymer Anrufer."

Habermann hob eine Braue und deutete ein Nicken an. Dann hob er den Arm und holte aus, als ob er mir ins Gesicht schlagen wollte. Ich zuckte zusammen, doch Habermann deutete nur auf die Einsatzfahrzeuge, die die Straße bevölkerten und den Nordpunkt belagerten wie Napoleons Armee St. Petersburg. „Los, führt sie ab."

„Einen Augenblick."

Aus dem Gewühl der Polizisten drängelte sich ein Mann hervor, kraftvoll und voller Autorität. Sein Auftritt stand dem Habermanns in nichts nach. Er war groß – zwischen eins fünfundachtzig und eins neunzig –, kräftig, gut aussehend. Gepflegtes kurzes Haar gab ihm ein militärisches Aussehen. Einem Offizier angemessen war auch seine Haltung: aufrecht, wie mit dem Knüppel gezogen, aber nicht so steif, wie man es mit dem preußischen Militär verband, eher die entspannte Stehen-Sie-bequem-Stellung der amerikanischen Soldaten.

„Na, sieh mal einer an." Habermanns Stimme troff vor Galle. „KHK Bremer von der Kripo Minden. Schön, dass sich die heimische Dorfpolizei auch kümmert. Ich dachte schon, ich müsste den ganzen Scheiß wieder allein machen."

Bremer trat an ihn heran, bis er ihm beinahe auf den Füßen stand, und baute sich vor ihm auf wie ein Primaner, der einen Sextaner einschüchtern wollte. „Lassen Sie sie frei, Habermann."

Habermann rührte sich nicht von der Stelle. Seine einzige Reaktion war ein Schnüffeln mit der Nase und ein kaum merkliches Zurückbiegen seines Oberkörpers. „Kaffee. Sie haben gerade Kaffee getrunken. Ich glaub es nicht. Ich stehe mitten in der Nacht auf, um in dieses gottverlassene Nest zu fahren und einen Mord aufzuklären, und die zuständige Polizeibehörde gönnt sich erst einmal ein gemütliches Frühstück."

Bremer vollbrachte ein anatomisches Wunder und wuchs um ein paar Zentimeter. „Noch einmal, Habermann. Lassen Sie sie laufen."

„Und warum sollte ich das tun?"

„Sie ist eine von uns."

„Ach, die Kaffeepolizeibehörde Minden beschäftigt also schon Mörder. Bremer, bei der Personalnot, die Sie anscheinend haben, bekomme ich direkt Mitleid. Aber was ist Fräulein Puffski denn nun wirklich?"

„Mein Name ist Borowski", warf ich zischend ein.

„Mörderin oder Polizeibeamtin?", fuhr Habermann fort, ohne mir Beachtung zu schenken. „Als wir uns vor wenigen Minuten kennen lernten, war sie noch Privatdetektivin."

„Das ist sie auch. Früher allerdings war sie Kriminalbeamtin."

„Und ich war früher Erzengel. Leider meinte der liebe Gott, dass die Menschheit zu schlecht sei, um ohne Polizei zu leben, und so schickte er mich auf die Erde, um Mörder zu jagen. Was ich tue. Was ich auch heute getan habe. In aller Herrgottsfrühe, während Sie in Ihrem warmen Nest Kaffee getrunken haben.

Ich will gar nicht fragen, was Ihre *Kollegin* getan hat, um aus dem Polizeidienst gejagt zu werden. Heute jedenfalls ist – hören Sie genau zu, Bremer, denn ich will ja politisch korrekt sein – Fräulein Puffski ist also keine Mörderin, sondern meine Tatverdächtige Nummer Eins, Kripo hin, Privatdetektiv her."

„Sie ist in erster Linie ein Mensch. Und noch leben wir in einem Rechtsstaat." Bremer wandte sich den Beamten zu, die mich bewachten. „Macht sie los. Ich übernehme die Verantwortung."

Die Polizisten zögerten keine Sekunde. Im Nu war ich frei und rieb mir die Handgelenke. Der dankbare Blick in meinen Augen galt Bremer. Nie hatte ich mich mehr gefreut, ihn zu sehen.

„Das wird Konsequenzen haben, Bremer. Die Dienstaufsichtsbeschwerde ist quasi schon geschrieben." Habermanns Gesicht wurde von Sekunde zu Sekunde röter, bis es die Farbe verwelkender Rosen angenommen hatte.

„Sie sollten besser zum Arzt gehen", sagte Bremer. „Mit Ihrem Blutdruck stimmt was nicht."

Habermanns gestreckter Zeigefinger deutete auf Bremer wie das Henkersbeil auf den Nacken des Delinquenten. „Passen Sie bloß auf, Bremer. Ein Fehler, und Sie sind Ihren Job los. Dann können Sie Fräulein Puffski fragen, ob sie Sie als Kompagnon in Ihre Detektei aufnimmt." Mit diesen Worten drehte er sich um und verschwand in der Menge der Polizisten.

Bremer wandte sich wieder an meine Bewacher. „Ich wäre Ihnen dankbar, wenn Sie Frau Borowski eine Decke und einen heißen Kaffee besorgen könnten." Dann kam er zu mir und nahm mich bei der Hand. „Lass uns in die Hütte gehen. Vielleicht gibt es dort eine Heizung."

Die Hütte war tatsächlich warm, allerdings entwich die Wärme zum größten Teil durch die offene Tür, durch die immer wieder Männer und Frauen hereinkamen oder nach draußen liefen. Es dauerte nicht lange, bis einer der Polizisten mit einer Decke und einem Becher, aus dem Dampf aufstieg, zurückkam. Ich nahm den Kaffee und ließ mir von Bremer die Decke umhängen.

„Danke, Horst."

Bremer grinste wie ein Honigkuchenpferd. „Nicht, dass du in deinen zerfetzten Klamotten nicht absolut scharf aussehen würdest ..."

„Ich habe die ganze Nacht in der feuchten Kälte da draußen gelegen. Meine Haut ist dreckig und verschrumpelt. Mein Busen hat sich vor Kälte zusammengezogen. Und wahrscheinlich ist eine

Lungenentzündung im Anmarsch. Und du findest, dass ich scharf aussehe?"

Bremer betrachtete nachdenklich seine Hand, die, nachdem er mir die Decke umgehängt hatte, rote Flecken aufwies. „Du blutest."

Meine Hand fuhr an meinen Hinterkopf. „Ach ja, und dann brummt mir noch der Schädel, als hätte Thyssen-Krupp seine Stahlproduktion in meinen Kopf verlegt. Die Schweine müssen mich niedergeschlagen haben."

„Fahr am besten gleich im Krankenhaus vorbei."

Ich nickte. „Horst, diese Episode eben mit Habermann. Hat er Recht? Wird das Konsequenzen für dich haben?"

Bremer schüttelte den Kopf. „Vermutlich nicht. Ich habe meine Kompetenzen überschritten, klar. Ich war nicht befugt, dich sozusagen seinen Klauen zu entreißen. Und wenn er schlecht drauf ist, gibt es vielleicht tatsächlich eine Dienstaufsichtsbeschwerde. Aber alles andere ist heiße Luft. Er weiß genauso gut wie ich, dass die Beweislage gegen dich dünner ist als eine Scheibe Schinken beim Schlachter. Im Übrigen weiß er auch, dass er dich zu hart rangenommen hat und seinerseits eine Anzeige wegen Amtsmissbrauchs und Körperverletzung fürchten muss. Deine doppelte Fesselung ging eindeutig zu weit. Ich schätze also, wir sind vorerst quitt." Er nahm meine Hand in die seine und begann, sie zu streicheln. „Willst du mir erzählen, was passiert ist?"

„Gib mir ein paar Minuten."

Ich zog die Decke fest um mich, trank meinen Kaffee und sah durch eines der Fenster zu, wie Wortmanns Leiche losgebunden und auf eine Trage gelegt wurde. Eine Reihe von Männern, die nach medizinischem Fachpersonal aussahen, nahm sich des toten Körpers an und führte erste Untersuchungen durch, bevor die Leiche zugedeckt und in den Rettungswagen geschoben und abtransportiert wurde.

Allmählich leerte sich der Platz. Die ersten Einsatzfahrzeuge verließen den Ort. Die Sonne kletterte höher, doch Nebel und Wolken kämpften weiterhin gegen eine klare Sicht.

Ich trank meine Tasse aus und wandte mich Bremer zu. „Woher kennst du Habermann?"

„Wir sind verschiedentlich aufeinandergetroffen. Niemand mag ihn, er ist ein echtes Arschloch. Aber seine Aufklärungsquote ist phänomenal."

„Vorausgesetzt, die, die er fängt, sind wirklich Mörder."

„Ich weiß, was du sagen willst. Aber es ist nicht so, dass er Unschuldige ans Messer liefert, nur um seine Quote zu erfüllen. Wen er fängt, der ist schuldig."

„Dann glaubst du also auch, dass ich Wortmann getötet habe?"

„Lass den Scheiß, Vinnie. Wir wissen beide, dass du mit dem Mord nichts zu tun hast. Ich nehme an, du arbeitest an einem Fall und bist in die Sache hineingeschlittert."

„Ich habe einfach ins Klo gegriffen. Ganz tief."

„Kannst du es mir erzählen?"

Ich schwieg und blickte mich um. Die Gespräche der Leute im Hintergrund wurden laut und aufdringlich. Von draußen drangen missglückte Befehle in Form von Schreien herein.

„Gestern Morgen bekam ich Besuch", begann ich schließlich. „Eine Klientin. Nichts Aufregendes, nur etwas, womit jeder Detektiv früher oder später konfrontiert wird."

„Eine Scheidungsgeschichte."

Ich nickte. „Ich sollte ihren Mann observieren und Beweise sammeln, dass er sie betrügt. Ich begab mich also gestern Abend, nachdem er sein Büro verließ, an seine Verfolgung. Ich hatte Glück. Gleich an diesem Abend war sein Ziel nicht sein Zuhause, sondern dies hier. Er traf sich hier mit drei weiteren Männern und einer Frau."

„Mit drei weiteren Männern? Ist das nicht etwas ungewöhnlich, wenn man sich mit seiner Geliebten trifft?"

„Das sagten mir auch meine Gehirnwindungen. Das Luder hat sich zwar ausgezogen. Aber die ganze Situation war irgendwie seltsam. Es kam nicht zum Geschlechtsverkehr, weder mit einem einzelnen Mann noch in Form von Rudelbumsen.

Meine Zielperson hat sie nicht mal angefasst. Die Kleine ihrerseits wirkte viel zu nervös, um an Liebe zu denken. Ich konnte sie von dem Fenster dort drüben aus sehen; sie hatten den Vorhang nicht ganz vorgezogen. Allerdings war es mir nur möglich, bloß drei der vier Männer zu sehen, der vierte blieb die ganze Zeit außerhalb meiner Sichtweite. Obwohl ich nicht an Ehebruch glaubte, machte ich Fotos. Nach einiger Zeit verließ einer der Männer die Hütte. Ich verfolgte ihn bis zu seinem Auto und notierte mir das Kennzeichen. Dann schlich ich zurück zur Hütte. Ab da geht es nicht weiter. Vorhang Borowski."

„Was ist passiert?"

„Ich weiß es nicht. Die Beule an meinem Schädel lässt vermuten, dass ich niedergeschlagen wurde. Der Männergesangsverein aus der Hütte hat mich wohl erwischt. Als ich aufwachte, war die Kavallerie bereits da und legte Klein Vinnie in Fesseln."

„Ich nehme an, dein Beweismaterial existiert nicht mehr."

„Weder Notizbuch noch Kamera. Weg, verschwunden, verduftet, weggebeamt. Es muss einen Kampf gegeben haben, jedenfalls habe ich meine Klamotten nicht zerrissen, weil mir zu warm war."

„Und der Kampf hat ein Todesopfer gefordert."

„Sieht so aus. Aber das Schlimme ist, ich weiß nicht, ob ich etwas damit zu tun habe. Meinem

Gehirn fehlen wegen des Schlags auf meinen Schädel die entsprechenden Synapsen."

„Fest steht, sie haben die Gelegenheit beim Schopf ergriffen und dich zum Sündenbock gemacht. Hast du eine Ahnung, warum das Opfer ermordet wurde?"

„Es gab einen Streit. Der Getötete hat sich mit einem oder zwei der anderen Männer gefetzt. Leider konnte ich kein Wort verstehen, der Regen war zu laut. Ich vermute, dass es um die Frau ging."

„Du sagtest, dass die Frau sich zwischenzeitlich ausgezogen hatte. Kann es sein, dass es Gruppensex oder was auch immer während deiner Bewusstlosigkeit gab?"

„Wer kann das sagen? Aber die ganze Situation war zu bizarr für ein abendliches Techtelmechtel ausgehungerter Geschäftsmänner."

„Kennst du den Toten?"

„Sein Name ist Walter Wortmann. Er ist Abteilungsleiter bei der Stadtsparkasse."

„War er deine Zielperson?"

„Horst, du weißt, dass ich dir darauf keine Antwort geben kann."

„Berufsgeheimnis, ich weiß. Aber du weißt auch, dass du auf jeden Fall der Staatsanwaltschaft Auskunft geben musst."

„Willst du mir jetzt auch drohen?"

„Vinnie, bleib sachlich. Ich will dir weder drohen, noch will ich dich in Gewissenskonflikte bringen. Lass uns einfach spekulieren, okay? Nehmen wir also einfach nur an, Wortmann war dein Zielobjekt. Dann wäre deine Auftraggeberin seine Witwe. Schon mal daran gedacht, dass sie etwas mit dem Mord zu tun haben könnte?"

Ich bemühte mich, mein Gesicht ausdruckslos aussehen zu lassen und in meine Augen den Hauch eines Vorwurfs zu platzieren. „Unwahrscheinlich. Die Männer, mit denen Wortmann zusammen war, sahen wie Geschäftspartner aus, nicht wie Auftragskiller. Na ja, bis auf einen, so einen Jabbatyp, aber der war vermutlich der Bodyguard."

„Kein Killer sieht wie ein Killer aus. Und es muss ja auch nicht einer aus deiner Abendgesellschaft gewesen sein."

„Du meinst, nachdem ich entschlummert bin, hat eine weitere Person die Bühne betreten?"

Bremer zuckte die Achseln. „Kann man das ausschließen?"

„Na ja, die Spusi wird wohl Hinweise darauf finden. Aber ich glaube nicht daran."

„Sag mir Bescheid, wenn du dich an weitere Details erinnerst. Das wirst du doch? Versuch bitte nicht im Alleingang, diesen Fall zu lösen. Wir haben es schließlich mit einem Mord zu tun."

„Hältst du mich für inkompetent?"

„Nein, du dumme Nuss, ich halte dich für gefährdet. Du bist Zeugin in einem Tötungsdelikt und ich halte es für eine großzügige Geste des Mörders, dass er dich am Leben gelassen hat. Vielleicht überlegt er es sich aber anders, wenn er erfährt, dass du ihn jagst."

„Wer sagt, dass ich ihn jage? So wie ich es sehe, ist mein Auftrag beendet. Ich gehe jetzt ins Krankenhaus und lasse meinen Kopf behandeln. Dann fahre ich nach Hause und nehme ein heißes Bad. Dann warte ich anstandshalber ein paar Tage und schicke meiner Klientin die Rechnung."

„Wohnst du noch immer in dieser Kaschemme in Hille?"

„Ich wohne noch in Hille, ja. Aber es ist keine Kaschemme, sondern nur ein altes Haus, um das sich der Besitzer nicht mehr kümmern kann, weil er im Pflegeheim lebt."

„Und du hältst es für ihn in Schuss?"

„Dafür zahle ich nur ein Almosen als Miete."

Plötzlich stand Habermann neben uns. Ein arrogantes Lächeln umspielte seine Lippen. Unvermittelt wurden die Gespräche im Gebäude leiser. „Na, sieh mal einer an. Da sitzen unsere beiden Turteltäubchen und flirten miteinander, während irgendwo da draußen eine frischgebackene Witwe in Schockstarre verfällt und eine Badewanne mit Tränen füllt.

Ich habe Ihr Gesäusel mitbekommen, Bremer. Ihr Verhalten ist – positiv ausgedrückt – grenzwertig. Sie baggern eine Mordverdächtige an. Passen Sie auf, dass Sie nicht der Beihilfe bezichtigt werden."

„Wenn das passiert, weiß ich ja, von wem es kommt."

Bremer stand auf und stellte sich vor Habermann in Positur wie ein Boxer vor dem Kampf. „Haben Sie übrigens die Verdächtige, wie Sie die Zeugin nennen, schon vernommen? Oder beugen Sie den Rechtsstaat zu Ihren Gunsten, weil Frau Borowski Ihnen gerade passend unter Ihre Griffel geriet?"

Habermann kniff die Augen zusammen. Seine Lippen wurden steif, das Gesicht bekam einen wächsernen Ausdruck. „Passen Sie auf, was Sie sagen, Bremer. Sie wären nicht der erste Bulle, der wegen Beihilfe ins Kittchen wandert."

„Ich sag Ihnen was, Habermann. Ich werde Frau Borowskis Aussage aufnehmen, und Sie erhalten eine Ausfertigung des Protokolls. Sollten Sie damit nicht einverstanden sein, werde ich Kontakt mit Ihrer Dienststelle aufnehmen und Sie wegen Voreingenommenheit von dem Fall abziehen lassen."

„Sie werden keinen Erfolg haben. Das haben schon andere, selbst höher dotierte Beamte, versucht. Aber wollen wir es für den Augenblick damit bewenden lassen, damit es hier endlich weitergeht." Ohne ein weiteres Wort drehte er sich um und schritt hinaus.

Ich stieß einen Pfiff aus. „Donnerwetter, dem hast du es aber gezeigt."

Bremer kniff die Augen zusammen. „Gar nichts habe ich. Er kneift den Schwanz ein, weil er weiß, dass er über das Ziel hinausgeschossen ist. Pass lieber auf, Vinnie. Er hat dich auf dem Kieker. Wir sollten lieber schnell den wirklichen Mörder finden."

Die nächste halbe Stunde gab ich meine Aussage offiziell zu Protokoll. Habermann belästigte uns nicht mehr. Als wir schließlich die Hütte verließen, war er nicht mehr da. Niemand vermisste ihn.

Ich verabschiedete mich.

„Soll ich dich fahren?", fragte Bremer.

Ich schüttelte den Kopf. „Mein Wagen steht dort hinten die Straße hinunter."

Als ich den Focus erreichte, musste ich erkennen, dass er nicht fahrbereit war. Die Mörder hatten mir einen weiteren Abschiedsgruß hinterlassen. Alle vier Reifen waren platt. Die Einstiche waren deutlich erkennbar. Ich seufzte und marschierte zurück. Bremer war in ein Gespräch mit zwei Uniformierten vertieft. Ich erkannte sie als die beiden Beamten, die Habermann zu meiner Bewachung eingeteilt hatte. Ich tippte Bremer auf die Schulter. „Gilt dein Angebot noch?"

Zuerst fuhr er mich ins Krankenhaus, wo mir eine leichte Gehirnerschütterung diagnostiziert wurde. Sie verschrieben mir ein Schmerzmittel und sagten mir, worauf ich zu achten hätte. Anschließend brachte er mich nach Hause. Ich zeigte ihm die Wohnung, machte Kaffee und gab ihm zum Abschied einen Kuss auf die Wange. Er versprach, sich um den Focus zu kümmern.

Als er gegangen war, ließ ich die Wanne ein und badete eine halbe Stunde so heiß, wie ich es aushalten konnte. Anschließend ging ich ins Bett. Es war kurz vor Mittag.

4

Am nächsten Tag schien die Sonne. Die Temperatur betrug fünf Grad. Das Land wirkte fröhlich und aufgeregt und drückte den Wunsch nach Leben aus, bevor der Winter kam und seine leblose, kalte Starre ausstreute. In Preußisch Ströhen begegnete ich einigen Traktoren; Landwirte, die das schöne Wetter nutzten, um ihre Felder aufzuräumen und winterfest zu machen. An der Immanuelkirche bog ich rechts ab. Ich kam an einer Siedlung vorbei, die aus kleinen, sauberen Einfamilienhäusern bestand. Nummer vierzehn war ein Bau aus rotem besandetem Klinker mit Fenstern, die grüne Rahmen hatten. Ein hübscher kleiner Garten mit gepflegtem Rasen und sauberen Beeten rundeten den guten Eindruck ab. Ich entdeckte zwei Garagen. Eva Müller-Wortmanns BMW war nicht zu sehen. Dafür stand auf dem gepflasterten Hof ein Opel-Cabriolet mit geschlossenem Dach. Ich parkte am Straßenrand und stieg aus. Eine schwarz-weiß gemusterte Katze kam angerannt und strich schnurrend um meine Beine. In der Nachbarschaft bellte ein Hund.

Die Frau, die auf mein Klingeln die Tür öffnete, war nicht Eva. Aber sie sah Eva ähnlich. Die gleichen Augen, die gleiche Nase. Aber damit hatte es sich. Ihr Gesichtsausdruck war mürrisch und griesgrämig. Nicht alt, aber verbraucht. Alkohol und Zigaretten. Beides umgab sie als Dunst, der mir in die Nase drang und die Frau in die Schublade der unsympathischen Zeitgenossen steckte. Sie trug eine billige schwarze Hose und eine ebensolche Bluse, die durchsichtig genug war, um zu zeigen, dass sie keinen Büstenhalter trug - und auch keinen benötigte. Ihre Stimme klang wie ein Reibeisen. „Ja, bitte?"

Ich stellte mich vor. Dann sagte ich: „Ich möchte zu Frau Müller-Wortmann."

„Meine Schwester empfängt niemanden. Ihr Mann ist gerade gestorben."

„Ich weiß. Deshalb bin ich hier. Ihre Schwester kennt mich. Sagen Sie ihr einfach, wer ich bin. Ich bin sicher, dass sie Zeit für mich hat."

„Hören Sie, Frau Borowski. Eva trauert. Walter liegt noch nicht unter der Erde. Sie ist wirklich nicht in der Lage, Besuch zu empfangen."

Aus dem Haus schlug mir wohlige Heizungswärme entgegen. Ein Fernseher lief, ein Sender mit einer amerikanischen Sitcom. Das Haus hörte sich nicht nach Trauer an.

„Nun, wenn Sie ihr einfach ausrichten würden, dass ich da bin. Ich bin sicher ...“

„... dass sie Sie nicht empfangen wird. Es tut mir leid, Frau Borowski. Bitte kommen Sie ein anderes Mal wieder.“

„Wer ist denn da, Marie?“ Evas Stimme klang so wenig nach Trauer wie das Fernsehprogramm, das sie gerade schaute. Wenige Sekunden später stand sie auf dem Flur. Sie sah so elegant aus wie an dem Morgen, als ich sie kennen gelernt hatte. Wenn auch ihre körperliche Erscheinung nicht dem entsprach, was man gemeinhin mit Trauer verband, so war wenigstens ihre Kleidung den traurigen Umständen angemessen, zumindest, was die Farbe betraf. Davon abgesehen hätte Eva ohne weiteres durch die Straßen Mailands oder durch Paris flanieren können. Die Spitzen und der halbtransparente Brustausschnitt hoben die Trauerwirkung auf wie ein Schwamm die Vokabeln an der Tafel.

„Ach, Frau Borowski“, sagte Eva freundlich lächelnd. „Kommen Sie doch herein.“

Ich ging an der düpierten Schwester mit dem mürrischen Gesicht vorbei und betrat das Haus. In der Wärme angelangt, gab ich Eva die Hand. „Mein Beileid, Frau Müller-Wortmann.“

„Danke schön. Kommen Sie, gehen wir ins Wohnzimmer. Trinken Sie Kaffee oder Tee?“

„Tee wäre fein. Schwarzer Tee mit Milch.“

Eva wandte sich an ihre Schwester. „Marie, wärst du so lieb?"

Marie verzog das Gesicht zu einem noch mürrischeren Ausdruck und verschwand in der Küche. Ich konnte nicht umhin zu fragen: „Marie? Ihre Schwester heißt Marie? Kommt es da nicht öfter zu Verwechslungen?"

Eva lachte. „Nein, normalerweise nicht. Marie heißt eigentlich Maria Magdalena. Sie lässt sich Magdalena oder Magda nennen. Ich heiße Eva-Maria und lasse mich Eva nennen. So einfach ist das. Unsere Eltern waren vernarrt in den Namen Maria, aber da sie ihn nicht zwei Mal vergeben konnten, verfielen sie auf diese Lösung."

Nun ja, jedem das Seine. Das Wohnzimmer bestand aus einer teuren Sitzgarnitur Marke Rolf Benz. Eine Wand war komplett von einem Bücherregal eingenommen, das so viele Bücher enthielt, dass es trotz seiner Größe auseinanderzuplatzen schien. Eine weitere Wand war von einem riesigen Fernseher bedeckt, der in die Wand eingebaut war. Die restlichen Wände und die Decke bestanden aus einer Täfelung aus sündhaft teurem Holz. Das Parkett war ebenfalls aus Echtholz. Alles roch neu und besaß den besonderen Glanz der Neuheit. Vor dem Kamin, der unter dem Fernseher wie dieser in die Wand eingebaut war, und um die Sitzgruppe herum war hochfloriger weißer Teppich drapiert, der so rein war, dass das Betreten mit Straßenschuhen unweigerlich ein Sakrileg dargestellt hätte.

Ich beging das Sakrileg und setzte mich auf Rolf Benz. Eva nahm gegenüber Platz und schaltete den Fernseher aus.

„Sie wundern sich vielleicht, dass der Fernseher lief. Gut, ich trage Schwarz. Aber ich kann nicht sagen, dass ich von Trauer überwältigt bin. Nach dem, was Walter mir angetan hat, hat er keine Trauer verdient."

„Nun, Frau Müller-Wortmann, es steht mir nicht zu, Ihre Trauer in Frage zu stellen oder über Ihr Verhalten zu urteilen. Ich möchte nur sagen ..."

„Ich weiß, was Sie sagen wollen. Sie versuchen, auf diplomatische Art Ihre Verachtung über mich zum Ausdruck zu bringen."

„Keineswegs, ich wollte nur ..."

Eva hob die Hand. „Halt. Reden Sie nicht weiter. Mir ist schon klar, dass Sie gekommen sind, um Ihr Honorar abzuholen. Sie haben Recht, das steht Ihnen ja auch zu. Und wenn ich so pietätlos bin, nicht genügend zu trauern, warum sollten Sie sich genieren, Ihr Honorar einzufordern?"

Ehe ich etwas darauf erwidern konnte, war sie aufgestanden und verließ das Zimmer. Als sie zurückkam, hielt sie einen Umschlag zwischen den Fingern, den sie mir in die Hand drückte.

„Ich habe von Ihrem Missgeschick erfahren und Ihr Honorar um eine kleine Summe, sozusagen als Schmerzensgeld, erhöht. Ich hoffe, das genügt."

Ich öffnete den Umschlag – nur aus Neugier - und fand zwei Fünfhundert-Euro-Scheine. Ich schloss den Umschlag und legte ihn auf den Tisch. „Nun, Frau Müller-Wortmann, vielen Dank für Ihre Großzügigkeit. Aber ein Schmerzensgeld brauche ich nicht. Was mir widerfahren ist, ist Berufsrisiko und geht allein zu meinen Lasten. Über meine reguläre Dienstleistung erhalten Sie in den nächsten Tagen eine Rechnung. Die Steuer, Sie wissen schon. Und im Übrigen, um das klarzustellen: Ich bin nicht wegen des Honorars gekommen. Ich bin einzig zu dem Zweck gekommen, Ihnen mein Beileid auszudrücken. Erst wollte ich es gar nicht und den Fall einfach mit Versand der Rechnung an Sie abschließen. Aber dann hielt ich das für sehr geschmacklos und unpersönlich."

Ich stand auf. „Nun, ich habe Ihnen mein Beileid übermittelt. Damit wäre mein mir selbst erteilter Auftrag erfüllt. Zum Schluss noch ein Wort zu Ihrem Mann. Ich glaube nicht, dass er was mit einer anderen Frau hatte. Er hatte was am Laufen, zweifelsohne. Aber es ging dabei nicht um eine Liebschaft."

Eva stand nun ebenfalls auf. Ihr Gesicht zeigte Anzeichen von Betrübnis. Sie kam um den Tisch herum und legte mir die Hand auf die Schulter. „Frau Borowski, bitte bleiben Sie. Ich möchte mich bei Ihnen entschuldigen. Ich sehe jetzt, dass es sehr unhöflich war, Ihnen Bargeld in die Hand zu drücken. Aber glauben Sie mir, ich habe es aufrichtig gemeint. Ich wollte Sie nicht brüskieren. Ich habe auch nie geglaubt, dass Sie wegen des Geldes gekommen sind. Wahrscheinlich habe ich zu viele schlechte Filme gesehen. Dass Detektive ganz normale Rechnungen schreiben, ist mir nie in den Sinn gekommen."

Ich setzte mich wieder. Aus der Küche kam Marie mit einem Tablett, auf dem eine Kanne, drei Tassen, ein Zuckertopf und ein Milchkännchen standen. Sie stellte das Tablett auf den Tisch und nahm neben ihrer Schwester Platz. Ihre Augen blitzten, als sie mich ansah – nicht vor Freude. „Darjeeling. Ich hoffe, das trifft Ihren Geschmack."

„Meine Schwester ist manchmal etwas ruppig", sagte Eva und warf Marie einen beschwichtigenden Blick zu, während diese den Tee einschenkte. „Aber sie ist eine Seele von Mensch. Sie war sofort bereit herzukommen, als ich sie anrief und von Walters Tod berichtete. Ich wüsste nicht, wie ich diese Tage ohne sie überstehen sollte."

Ich beobachtete Marie, die bei Evas Worten ein wenig von ihrer harten Maske verlor. „Schön, wenn man jemanden hat, der einem zur Hand gehen kann. Frau Müller-Wortmann, um auf Ihren Mann zurückzukommen: Ich wiederhole mich ungern, aber mein Eindruck vorgestern Abend war nicht der, dass er ein Date hatte. Ich bin ihm nachgefahren, als er die Sparkasse verließ. Er fuhr direkt zum Nordpunkt. Dort wartete er in der Hütte auf seine – ich will mal sagen, Geschäftspartner, denn mir kam das Ganze wie eine geschäftliche Besprechung vor. Das Einzige, was nicht ins Bild passt, ist diese Frau. Nach kurzer Zeit begann sie sich auszuziehen. Das mag zu dem Bild passen, das Sie sich von Ihrem Mann gemacht haben, aber ich möchte Ihnen versichern, dass es keinen Sex gab, zumal sie sich nach kurzer Zeit wieder anzog, ohne von den Männern weiterer Blicke gewürdigt zu werden. Einer der Männer verließ kurz darauf die Hütte und fuhr weg. Unter dem Rest entbrannte ein Streit. Leider wurde ich ausgeschaltet, sodass ich nicht mitbekam, was weiter passierte."

„Sie vermuten, dass mein Mann im Zuge des Streits umgebracht wurde. Aber warum auf diese perverse Art?"

„Vielleicht ein Ablenkungsmanöver. Schließlich konnten die Mörder auf eine dumme Detektivin zurückgreifen, die zur richtigen Zeit am richtigen Ort war. Danach war es ein Leichtes, mich als Opfer einer Vergewaltigung und Ihren Mann als Opfer des Opfers zu präparieren. Ziemlich an den Haaren herbeigezogen, aber zumindest Habermann von der Mordkommission war sofort bereit, einen entsprechenden Tathergang als möglich anzusehen.

Frau Müller-Wortmann, ich weiß, dass meine Ermittlungen nicht dem entsprechen, was Sie erwartet haben. Vielleicht wäre etwas Brauchbares herausgekommen, wenn Ihr Mann nicht ermordet worden wäre. Aber trotz allem glaube ich nicht, dass er sie betrogen hat. Zumindest an jenem Abend wirkte er sehr angespannt. An die Frau hat er kaum einen Blick verschwendet. Nun, vielleicht werden wir nie erfahren, was wirklich geschehen ist. Jetzt ist jedenfalls die Polizei am Zug. Ich kann nichts mehr für Sie tun."

„Jedenfalls danke ich Ihnen für Ihre Arbeit. Ich verstehe, dass Sie nicht weitermachen können. Und durch Walters Tod ist die Aufklärung ja auch irgendwie überflüssig geworden, nicht? Vielleicht haben Sie Recht. Ich werde versuchen, mich an den Gedanken zu gewöhnen, dass er doch nicht untreu war."

Ich erhob mich. „Danke für den Tee."

Als ich das Haus verließ, blickte Eva mir nach. Ihre Augen drückten Zweifel und Nachdenklichkeit aus.

Der Nordpunkt wirkte, als sei nichts geschehen. Die Sonne beschien die Hütte, die still und geduldig am Rand des Platzes stand und das Geheimnis der vorletzten Nacht nie verraten würde. Die neun blauen Robinienstämme der *Zeichensetzung* reckten sich wie Skelettfinger in den Himmel und warfen lange dürre Schatten, die sich mit den Schatten der Bäume zu einer trüben grauen Fläche vereinigten. In der Mitte des Platzes stand einsam der entweihte Maibaum, an dem die Leiche des unglückseligen Walter Wortmann gehangen hatte. Der Boden am Fuß der Säule war gnädiger Weise abgetragen und durch neue Erde ersetzt worden; von dem Blut, das den Boden am Vortag getränkt hatte, war nichts mehr zu sehen.

Ich ignorierte den eigentlichen Nordpunkt, den Grenzstein, der unscheinbar unter der Plattform mit der Planetenskulptur ruhte, und schritt über den Platz zur Hütte. Die Vorhänge hinter den Fenstern waren beiseite gezogen, sodass ein freier Blick in die Hütte möglich war. Ich spähte hinein, doch das Innere wirkte so trostlos und ausgestorben wie eine aufgegebene Kneipe. Tische und Stühle standen ordentlich aufgereiht. Das wenige Sonnenlicht, das durch die Fenster hereinfiel, reichte nur für wenig mehr als eine diffuse Helligkeit, die eher eine helle Dunkelheit war. Auch hier keine Spuren der jüngsten Ereignisse.

Ich lief zurück zur Straße bis an die Stelle, an der der Audi des Mannes, der die Versammlung vorzeitig verlassen hatte, gestanden hatte. Ich sah mich um. Von den Menschen, die die umliegenden Häuser bewohnten, war nichts zu sehen. Eine Schar Krähen tummelte sich auf den nackten Feldern und suchte in der kalten Erde nach Beute, die die Bauern bei der Ernte vergessen hatten. Die Landschaft war schön, aber einsam. Zu einsam, um auf Zeugen des nächtlichen Geschehens zu hoffen.

Langsam schritt ich zur Hütte zurück. Mein Blick war auf den Boden gerichtet. Umsonst. Wenn es Fundstücke gegeben hatte, so hatte die Polizei sie gesichert. Vor dem Nordpunkthaus blieb ich stehen, an der Stelle, wo die Männer mich niedergeschlagen hatten. Das Fenster lag an der südlichen Seite, der Eingang an der westlichen. Es war nicht schwer, unbeobachtet und ungehört das Haus zu verlassen und zur Südseite zu schleichen. Zum Beispiel, um einen unliebsamen Zeugen auszuschalten. Betäuben, niederschlagen, Kampfspuren vortäuschen. Einen Mann abstechen. Das Messer neben den bewusstlosen Zeugen legen. Den Toten am Maibaum aufhängen. Oder erst aufhängen und dann abstechen. Alles war möglich.

Ich schritt hinüber zum Maibaum. Es waren nur wenige Schritte. Das Biest war bestimmt fünf oder sechs Meter hoch, ein idealer Platz zum Ausbluten. Für einen Mann allein sicher sehr schwierig, ein ausgewachsenes männliches Exemplar der Gattung Mensch daran zu drapieren. Schwierig, aber nicht unmöglich. Aber für eine eins vierundsechzig kleine zierliche Frau eher ein Ding der Unmöglichkeit. Habermanns Anklage stand auf sehr dünnem Eis.

Ich zog die Jacke enger und machte mich auf den Weg zu meinem Wagen. Als ich die Straße betrat, sah ich in der Ferne ein Auto, das in meine Richtung bog und schnell näher kam. Das Auto hielt direkt vor meinen Füßen. Die Tür ging auf, ein Mann stieg aus.

„Lavinia, das ist ja ein Zufall", sagte Horst Bremer und grinste. „Was treibt dich hierher?"

„Heißt es nicht, es treibt den Täter immer an den Tatort zurück?"

„Lavinia, ich bin nicht Habermann. Du solltest mich gut genug kennen, um zu wissen, dass meine Verteidigung für dich ernst gemeint war."

„Ich weiß. War ja auch nur ein Scherz. Ich komme gerade von Wortmanns Witwe. Hab ihr Beileid gewünscht und mit ihr Tee getrunken. Hab ihr gesagt, dass der Fall für mich abgeschlossen ist und die Polizei den Rest machen wird."

„Was sehr vernünftig ist. Du weißt noch, was ich dir gestern gesagt habe?"

„Dass ich die Toten ruhen lassen soll, um mich nicht selbst in Gefahr zu bringen?"

Bremer nickte.

„Ja, das weiß ich noch. Und ich werde mich daran halten. Aber da ich schon mal in Ströhen bin, kann ich mir auch gleich den Tatort noch einmal ansehen, dachte ich. Ich habe versucht, die Tat zu rekonstruieren."

„Und? Bist du zu neuen Erkenntnissen gelangt?"

Ich schüttelte den Kopf. „Meine Beweise sind gestohlen worden. Und mein unfreiwilliger Schlaf hat mich davon abgehalten, vor Ort weitere Ermittlungen aufzunehmen."

„Ein Schlaf, der dir vielleicht das Leben gerettet hat."

„Trotzdem bleiben Fragen. Wer waren die Männer, mit denen Wortmann sich getroffen hat?

Was war der Zweck der Zusammenkunft? Warum gerieten sie in Streit? Warum verließ einer von ihnen die Sitzung frühzeitig? Und wer war die Frau? Warum hat sie sich ausgezogen?"

„Das sind Fragen, mit denen du dich nicht zu beschäftigen brauchst. Das ist mein Job. Ich gebe dir noch immer den Rat: Geh nach Hause und genieße dein Leben. Aber einen Gefallen könntest du mir noch tun. Ich bitte dich, im Laufe des Tages bei uns in Minden vorbeizukommen. Ausgehend von deiner Personenbeschreibung, haben wir erste Ermittlungen aufgenommen, sind aber nicht fündig geworden. Bitte sei so gut, unsere Dateien durchzugehen. Vielleicht findest du das eine oder andere bekannte Gesicht."

„Kein Problem. Lass es uns sofort machen, ich habe im Moment sowieso nichts Besseres zu tun. Aber eine Bedingung stelle ich dir."

Bremer kniff die Augen zusammen. „Ich glaube nicht, dass du als Hauptzeugin in der Lage bist, Bedingungen zu stellen."

„Eigentlich sind es zwei. Und die eine kannst du mir sogar ohne Probleme erfüllen." Ich trat an ihn heran und küsste ihn. Gleichzeitig wanderte meine Hand zwischen seine Beine. „Ich bin spitz, Horst. Ich weiß gar nicht, wann ich das letzte Mal … Ich glaube, da unten sind schon Spinnweben."

Seine Reaktion erfolgte umgehend, wie meine Hand meinem Gehirn meldete. Bremer nahm mich in den Arm und küsste mich zurück. „Bedingung gewährt. Und die zweite?"

„Sag mir, wie der Fall ausgegangen ist."

„Du wirst es sowieso aus der Presse erfahren. Aber ich will sehen, was ich tun kann. Ich halte dich auf jeden Fall auf dem Laufenden."

Auf dem Weg nach Minden machten wir Zwischenstation in Hille und ließen ein unaufgeräumtes Schlafzimmer zurück. Eine Stunde danach saß ich im Besucherzimmer der Kreispolizeibehörde, auf dem Tisch einen Laptop, und sah mir Porträts bekannter Krimineller an. Und siehe da, ein alter Bekannter tauchte auf dem Display auf. Jabba the Hutt war der Polizei kein Unbekannter.

5

Es war später Nachmittag, als ich aus Minden zurückkam und mein Büro betrat. Gerade in dem Moment, als ich die Tür schloss, klingelte das Telefon. Das Display zeigte eine Lübbecker Nummer. Ich hob ab.

Es war eine Frau, eine kleine helle Stimme. Was sie erzählte, klang konfus, aber so viel ich verstand, ging es um ihren Bruder, der von einem Tag auf den anderen spurlos verschwunden war. Ich hörte zwei Minuten zu und machte ihr dann den

Vorschlag, sie zu besuchen, um in Ruhe über die Angelegenheit zu sprechen.

Nach dem Telefonat ging ich hinüber zum Kaffeeautomaten. Mein Gehirn verlangte nach Koffein, und der Tag war für mich ja noch nicht zu Ende. Während die Maschine lief, kontrollierte ich meine Handtasche. Ich leerte sie auf den Schreibtisch und checkte, ob alle wesentlichen Dinge enthalten waren. Waren sie. Zwei Notizblöcke, zwei billige Kugelschreiber – ich benutze nie teure, entweder lässt man sie irgendwo liegen oder sie werden geklaut –, ein Diktiergerät – billig bei eBay erstanden –, eine Digitalkamera – dito –, ein Smartphone – nicht von eBay, nein, dieses war eine echte Investition, die die Sparkasse finanziert hatte –, eine Packung Papiertaschentücher, Pfefferminz, eine Packung Tampons mittel, eine Packung Tampons klein, Pfefferspray. Das kleine Tagespäckchen.

Ich packte den Krempel wieder in die Tasche. Den Kaffee trank ich im Stehen, sah währenddessen aus dem Büro in den Abend hinein und beobachtete die vorbeifahrenden Autos.

Nach dem Kaffee schloss ich meine Jacke, löschte das Licht und schloss das Büro ab. Kurz darauf war der alte Ford unterwegs Richtung Lübbecke.

Ein Schwall warmer Luft empfing mich, als ich die Eingangshalle des Krankenhauses betrat. Nicht dass es übermäßig warm oder gar heiß war, aber der Winter klopfte schon an die Tür, und im Übrigen war ich ja bereits angezählt. An der Information saß eine Frau, eine alte Schachtel mit mürrischem Gesichtsausdruck, die tat, als wäre das Hospital ihr Eigentum. Sie tat sehr beschäftigt, dass man direkt ein schlechtes Gewissen bekam, sie aus ihrer Arbeit zu schrecken. Ich tat es trotzdem.

„Hallo", sagte ich, bemüht, freundlich zu klingen, schließlich hatte ich ja ein Anliegen. „Ich möchte zu Frau Buschmann."

Sie blickte kaum auf, als ihre fleischigen Finger die Tastatur des Computers vergewaltigten. „Welche denn?", fragte sie, die Augen starr auf den Monitor gerichtet. „Wir haben Doris Buschmann in der Orthopädie und Klara Buschmann in der Inneren."

„Sie ist Krankenschwester und heißt Senta mit Vornamen."

„Warum sagen Sie das nicht gleich?" Immer noch kein Aufblicken. „Hätte uns beiden viel Arbeit erspart. Zentrum für Innere Medizin."

Welche Arbeit ich ihr erspart hätte, konnte ich nicht nachvollziehen. Ich zuckte die Achseln und bedankte mich, nicht mehr ganz so freundlich wie am Anfang. Die Empfangshalle war überschaubar, im Vergleich zum Wesling-Klinikum in Minden geradezu winzig und familiär. Was den Vorteil hatte, dass man sich schnell zurechtfand. Ich hatte die Station schnell gefunden, und auch das

Schwesternbüro war leicht zu erkennen. Vorsichtig klopfte ich an die offene Tür. „Entschuldigung, ich suche Schwester Senta. Senta Buschmann."

Die beiden Schwestern, die anwesend waren und Papiere sortierten, blickten auf und musterten mich, als müssten sie entscheiden, ob ich einer Antwort wert wäre. Die Entscheidung fiel positiv aus. Die kleinere der beiden, die in der Hierarchie anscheinend an unterer Stelle rangierte, antwortete.

„Es dauert einen kleinen Moment. Sie hat gerade eine Darmspülung."

Ich nickte verständnisvoll und bedankte mich. Draußen auf dem Flur herrschte eine Aktivität wie auf dem Bahnhof. Schwestern flitzten hin und her und Patienten in Pyjamas, Bademänteln und Jogginganzügen schlichen über das gewienerte Linoleum; ständig musste ich jemandem ausweichen. Als ich kurz davor war, die Station zu verlassen und in der Cafeteria auf Senta Buschmann zu warten, kam sie.

Sie war ein zierliches Persönchen. Dünn, kleiner als ich, und das will schon etwas heißen. Unwillkürlich stellte man sich die Frage, wie dieses Menschlein es schaffen konnte, Patienten aus dem Bett zu heben. Blaue Augen blickten mir aus einem müden Gesicht entgegen. Müde war auch Sentas Haltung, als sie sich näherte. Ihr blondes Haar fiel in schlaffen Wellen auf die Stellen, wo bei anderen Menschen die Schultern waren; eine flüchtige Linie deutete den Übergang vom Kopf zum Körper nur an. Der Kopf war leicht nach vorne gebeugt, was dem Rücken eine Krümmung verlieh, die an einen Buckel erinnerte. Als sie sprach, war es die sanfte Stimme einer Frau, die ihr ganzes Leben nett und freundlich zu ihren Patienten war und tat, was ihre Aufgabe war.

„Frau Borowski? Ich bin Senta Buschmann." Sie gab mir ihre schlaffe Hand. „Bitte entschuldigen Sie, dass ich Sie hierher gebeten habe. Ich kann einfach nicht weg. Ich wollte Sie nicht in der Nacht behelligen, aber ich wollte auch nicht mehr warten."

„Es geht um Ihren Bruder, so sagten Sie am Telefon."

„Richtig. Einen Augenblick, bitte." Sie verschwand im Schwesternzimmer und war wenige Augenblicke später wieder da. „Ich habe gesagt, dass ich eine kurze Pause mache. Trinken Sie Kaffee?"

Sie führte mich in einen kleinen Raum, in dem es einen Tisch und mehrere Stühle gab. Auf einem Küchenschrank stand eine Kaffeemaschine, deren Kanne halb gefüllt war. Senta holte zwei Tassen aus dem Schrank und schenkte ein. Wir setzten uns an den Tisch.

„Es geht also um Ihren Bruder", wiederholte ich, um endlich zur Sache zu kommen.

Senta nickte. „Ich mache mir Sorgen um ihn. Große Sorgen."

„Sie sagten am Telefon, er wäre spurlos verschwunden."

Sie lächelte gequält. „Ja, das sagte ich. Klingt ziemlich dramatisch, nicht? Vermutlich werden Sie mir sagen: Machen Sie sich keine Sorgen, er ist noch nicht einmal achtundvierzig Stunden weg. So, wie es die Polizei auch schon gesagt hat."

„Ich sage noch gar nichts. Aber ehrlich gesagt, bin ich schon etwas verwirrt. Sie sprachen am Telefon nicht sehr zusammenhängend."

Senta strich sich eine Strähne aus ihrem hübschen Gesicht, das noch immer das gequälte Lächeln zeigte. „Verzeihen Sie. Die Situation hat mich etwas aus der Bahn geworfen. Nachdem mir die Polizei nicht helfen wollte, wusste ich nicht, was ich tun sollte. Dann kam ich auf die Idee, einen Privatdetektiv zu engagieren."

„Was macht Sie sicher, dass ich Sie ernster nehme als die Polizei?"

„Die Tatsache, dass ich Sie bezahle und Sie Ihren Lebensunterhalt mit solcher Arbeit verdienen?"

„Touché. Also gut, packen wir es an. Aber bitte erzählen Sie mir die Geschichte noch einmal in der richtigen Reihenfolge. Das würde mir die Arbeit erleichtern."

Senta nickte. „Rainer, mein Bruder, ist fünf Jahre jünger als ich. Ich musste ständig auf ihn aufpassen, nicht nur als Kind. Unsere Eltern starben früh. Glücklicherweise war ich damals schon volljährig und bekam das Sorgerecht für Rainer, was ihm das Heim ersparte. Ich war für ihn also Schwester, Mutter und Vater in einer Person. Der Tod unserer Eltern hat ihn allerdings aus der Bahn geworfen. Er begann zu rauchen und zu trinken. Und bis zu den Drogen war es dann nicht mehr weit. Er hat es überstanden, Gott sei Dank, aber das hat Jahre gedauert und es war die Hölle. Danach hat er seine Mittlere Reife nachgemacht und eine kaufmännische Ausbildung begonnen, aber nicht zu Ende gebracht. Regelmäßiges Arbeiten für ein Almosen läge ihm nicht, sagte er. Er träumte davon, das große Geld zu machen, ohne Arbeit. Für eine Firma zu arbeiten, wäre etwas für Schwachköpfe, meinte er. Geld verdient man nicht durch Arbeit, sondern durch Köpfchen."

In meinen Gehirnwindungen begann sich bereits ein Bild von Sentas liebreizendem Bruder abzuzeichnen. „Geriet er auf die schiefe Bahn?"

Ihre Stimme wurde leiser. „Wie man es nimmt. Also, er ist nie im Gefängnis gewesen, wenn Sie das meinen. Nein, das nicht. Aber ich glaube, dass er sich auf krumme Sachen eingelassen hat. Natürlich hat er mir nie etwas erzählt. Und ich habe nicht gefragt."

„Was ich nicht weiß, macht mich nicht heiß."

„Ja", gab sie verschämt zu. „So ist es wohl. Ich weiß also nicht, was er macht, und ich will es auch nicht wissen. Aber er arbeitet nicht, das steht nun mal fest. Er sagt von sich selbst, dass er Geschäfte macht."

„Aber welche, wissen Sie nicht und wollen es auch nicht wissen."

Sie nickte. „Ich weiß, ich bin naiv, aber nur so kann ich es ertragen."

Das konnte ich sogar verstehen. „Wie äußern sich diese Geschäfte denn monetär?"

„Wie bitte?"

„Wie läuft es finanziell bei Rainer? Lohnen sich seine Geschäfte?"

„Na ja, ich glaube, sie gehen ziemlich gut. Er kann sich schicke Autos leisten, teure Klamotten, exzentrische Gespielinnen ..."

„Aber er wohnt noch bei Ihnen."

„Woher wissen Sie das?"

„Sie sagten eingangs, dass er noch nicht einmal achtundvierzig Stunden verschwunden sei. Das ist eine so geringe Abwesenheitszeit, dass sie einem nicht auffällt, wenn der Verschwundene nicht im selben Haushalt lebt."

„Ja, Sie haben Recht. Komisch, nicht? Seine Geschäfte laufen gut, aber er lebt immer noch mit seiner Schwester zusammen."

„Haben Sie ihn nie darauf angesprochen, eine eigene Wohnung zu mieten?"

„Er könnte sich bestimmt ein eigenes Haus leisten. Aber es ist so, wie Sie sagen; ich habe ihn nie angesprochen, und es war nie ein Thema für uns. Es ist – wie soll ich sagen? Es liegt wahrscheinlich an mir. Vielleicht habe ich Angst vor dem Alleinsein. Ich bin nicht verheiratet, wissen Sie? Aber es ist schön, mit jemandem zusammenzuleben, für den man sorgen kann."

„Also gut. Ihrem Bruder geht es finanziell gut, und Sie beide sind ein glückliches Paar. Wofür brauchen Sie nun mich?"

Sentas Blick ging zum Boden, ein verlegenes Räuspern von sich gebend. „Nun ja, wie gesagt, wir leben zusammen und wir waren selten länger als einen Tag voneinander getrennt. Wenn, dann war es meistens für ..." Wieder räusperte sie sich. Ich bemerkte eine leichte Röte, die sich über ihr Gesicht zog. „Wissen Sie, so ein junger Mann hat ja nun auch gewisse Bedürfnisse."

„Sie meinen, sexueller Art."

Ein verschämtes Nicken. „Er hat keine feste Freundin. Er hasst feste Beziehungen. Sie belasten ihn, sagt er. Er will lieber frei und unabhängig sein."

„Aber das eine, was sie alle wollen, trifft auch auf ihn zu?"

„Von Zeit zu Zeit schleppt er ein Mädchen an. Anfangs machten sie es in unserer Wohnung. Aber das war Rainer auf Dauer wohl zu peinlich. Irgendwann blieb er über Nacht weg. Und dann immer öfter. Als kein Mädchen mehr in unsere Wohnung kam, wusste ich, dass er jetzt zu den Mädchen ging. Aber am nächsten Tag war er immer wieder da. Später, als seine Geschäfte began-

nen, kam es auch vor, dass er mehrere Tage fort-
blieb. Aber dann meldete er sich immer ab, sodass
ich Bescheid wusste."

„Und jetzt ist er wieder abgängig, allerdings
ohne Ihnen Bescheid gesagt zu haben."

„Ja, so ist es." Sie lachte nervös. „Sie müssen
mich für eine hysterische Zicke halten. Macht sich
Gedanken, weil ihr Bruder sich nicht bei ihr abgemeldet hat. Wahrscheinlich feiert er irgendwo Or-
gien, und es ist ihm nur peinlich, sich zu melden."

„Könnte es so sein?"

„Nein. Das heißt, ich hoffe, es ist nicht so. So
etwas hat er bisher nicht gemacht. Ich meine, man
kann das nicht ausschließen, nicht? Aber für so
etwas ist Rainer nicht der Typ, es war nur ein
dummer Gedanke von mir. Wenn er wegen eines
Mädchens oder eines Geschäfts fortbliebe, hätte er
sich gemeldet. Aber er hat sich nicht gemeldet,
und deshalb habe ich Angst."

„Meinen Sie nicht, dass Sie etwas überreagie-
ren? Wie lange fehlt er denn jetzt genau?"

„Seit gestern Morgen. Als er vorgestern Nacht
nach Hause kam, war er sehr nervös. Er versuchte,
sich nichts anmerken zu lassen, aber ich spürte,
dass etwas nicht in Ordnung war. Er war wieder
wegen eines Geschäfts unterwegs gewesen. Irgendwie muss es anders gelaufen sein, als er es
sich vorgestellt hatte. Wenn ein Geschäft geklappt
hat, ist er sehr aufgekratzt und macht dumme

Scherze mit mir. Aber vorgestern war nichts davon."

„Haben Sie ihn gefragt, was war?"

„Nein. Ich mische mich in seine Sachen nicht ein. Aber, wie gesagt, er wirkte sehr nervös auf mich. Es muss etwas vorgefallen sein, was ihm zu schaffen gemacht hat."

„Sie haben nicht gefragt, und er hat nichts gesagt."

„Ja. Das ist ziemlich einfältig, nicht wahr?"

„Also ist wahrscheinlich ein Geschäft geplatzt, von dem er sich viel versprochen hat?"

„Ich glaube, ja. Aber da war mehr. Ich bin mir nicht sicher, aber ich glaube, es war Angst."

„Ihr Bruder hatte Angst?"

„Es ist nur ein Gefühl. Ich kann es nicht belegen. Natürlich sind auch in der Vergangenheit schon Geschäfte geplatzt. Aber mehr als Schulterzucken und Enttäuschung kam dann nicht von ihm. Vorgestern war es einfach anders."

„Und Sie wissen wirklich nicht, worum es geht? Hat Rainer nicht einmal eine Andeutung gemacht?"

„Wie gesagt, ich mische mich nicht ein. Aber es muss etwas ganz Großes sein. Seit Wochen spricht er von einem Megadeal, den er landen will. Er sprach davon, dass er, wenn das Geschäft klappt, ausgesorgt hätte. Jeden Monat wenigstens zehn Riesen, steuerfrei. So drückte er sich aus, und das ist der einzige Anhaltspunkt, den ich habe."

Ohne dass ich mich wehren konnte, schossen meine Brauen in die Höhe wie eine abgefeuerte Rakete. Senta schien meine nonverbale Frage verstanden zu haben.

„Ich weiß nicht, was es ist. Und ich will es auch nicht wissen. Aber ich habe das Gefühl, es ist etwas Illegales. Etwas, das mir Angst macht."

Dieses Gefühl hatte ich jetzt auch. Ich bohrte weiter. „Gab es früher Geschäfte in dieser Größenordnung?"

„Nein. Seine Geschäfte hielten ihn immer nur über Wasser. Gerade so, dass er mich nicht anpumpen musste. Aber mit dem neuen Geschäft kam der Reichtum. Teure Anzüge, ein nagelneuer Audi. Ein neues Mädchen, das sich schon ein paar Monate hält."

„Wann begann der wirtschaftliche Erfolg Ihres Bruders?"

„Im Sommer. Seit da jedenfalls leistet er sich seine teuren Sachen. Er wollte mir sogar Geschenke machen. Neue Kleider, ein neues Auto. Ich habe abgelehnt. Er wollte mir nie sagen, woher er das viele Geld hat, und ich wollte nichts mit illegalen Sachen zu tun haben."

„Davor war alles in Ordnung?"

„Na ja, was heißt in Ordnung? Er war glücklich, auch wenn ich schon immer das Gefühl hatte, dass seine Geschäfte nicht mit meinen Moralvorstellungen im Einklang stehen."

„Aber vorgestern war das Glück vorbei? Von einem Tag auf den anderen?"

Senta nickte heftig. „Ja. Und gestern verschwand er dann."

„Zumindest hat er sich nicht abgemeldet."

„Nein, hat er nicht."

„Kein Anruf?"

„Nein. Nichts. Er ist wie vom Erdboden verschwunden."

Mein ängstliches Gefühl verstärkte sich. Nicht dass ich große Erfahrung mit dem Verschwinden zwielichtiger Personen hatte, dazu war ich noch nicht lange genug Privatdetektivin; und im Übrigen waren wir nicht im Los Angeles oder Chicago der Vierzigerjahre. Aber mein Instinkt, dieser gottverdammte Instinkt, der Polizisten und Detektive auszeichnet, dieser Instinkt klopfte an mein Kleinhirn und sagte mir, dass die Suche nach Rainer Buschmann kein gutes Ende nehmen würde. Aber das konnte ich Senta schlecht sagen. Ich musste ihr wenigstens meine Hilfe anbieten. Außerdem musste ich auch irgendwann meine Miete zahlen.

„Und jetzt soll ich ihn suchen?", fragte ich also.

Senta nickte. „Bitte halten Sie mich nicht für naiv. Ich weiß, dass meine Sorge übertrieben ist."

Wenn du wüsstest, wie wenig übertrieben sie ist, dachte ich. Und dabei war ich vor wenigen Minuten noch der Ansicht, dass sie überreagierte.

„Und wenn er heute oder morgen wieder auftaucht", fuhr Senta fort, „schäme ich mich in

Grund und Boden. Aber da ist diese Angst, die er ausstrahlt. Mein Gefühl sagt mir, es ist etwas passiert. Zur Polizei kann ich damit nicht gehen."

„Schon gut, ich nehme den Auftrag an. Vielleicht können Sie mir ein paar Tipps geben, wo ich mit der Suche beginnen kann. Gibt es Orte oder Personen, die Ihr Bruder öfter aufsucht?"

Es gab sie. Die nächste Viertelstunde verbrachte ich mit Zuhören und dem Anfertigen von Notizen. Als Senta fertig war, fragte ich: „Sie sagten vorhin etwas von einer Frau, mit der Rainer zurzeit zusammen ist. Wissen Sie etwas über sie?"

Bevor Senta antworten konnte, wurde die Tür aufgestoßen. Eine von Sentas Kolleginnen kam hereingestürzt und rief außer Atem: „Senta, wir brauchen dich. Notfall."

Senta entschuldigte sich und flog aus dem Zimmer. Es dauerte eine Stunde, bis sie zurückkehrte. Ihr Kittel war blutbefleckt. Sie trug Gummihandschuhe und hielt einen sauberen Kittel in der Hand. „Entschulden Sie", sagte sie, während sie sich auszog. „Blutsturz. Ein Patient, den wir in die Onkologie verlegen müssen."

Als sie halb nackt vor mir stand, wurde mein erster Eindruck von diesem Persönchen korrigiert. Sie war noch dünner, als sie angezogen aussah. Ihr Körper war so dürr, dass ich zwangsläufig an eine Hungersnot denken musste. Der zarte weiße Schlüpfer bedeckte einen kaum vorhandenen Po, und der BH war nicht nur subjektiv überflüssig.

Nachdem sie den neuen Kittel angezogen hatte, brachte sie den alten zur Entsorgung.

„Warum sind Sie nicht verheiratet?", fragte ich.

Senta lachte. „Ich habe meinen Bruder. Der beschäftigt mich genug."

„Wir waren bei Rainers Freundin stehen geblieben. Sie sagten am Anfang, dass er Beziehungen verabscheut. Warum hat er sich dann eine Freundin angelacht?"

Senta hob die Schultern. „Ich sage ja, seit ein paar Monaten benimmt er sich seltsam. Vielleicht kam mit seinem Erfolg die Erkenntnis, dass er auch eine Frau braucht, nicht nur Autos und Klamotten."

„Was wissen Sie über sie?"

„Nichts. Er erzählt nichts von ihr. Außer dass sie verheiratet ist, sich aber von ihrem Mann scheiden lassen will."

„Könnte er bei ihr untergeschlüpft sein?"

„Bei ihr? Sie ist verheiratet, Frau Borowski. Sie lebt noch mit ihrem Mann zusammen."

„Das heißt dann wohl nein. Ihren Namen kennen Sie wahrscheinlich auch nicht?"

Erneut das gequälte Lächeln. „Ich bin keine große Hilfe für Sie, nicht wahr? Vielleicht sollten wir das Ganze doch einfach sein lassen. Allmählich komme ich mir ziemlich blöd vor."

Ich legte meine Hand auf ihre und setzte meinen Trostblick auf. „Sie sind nicht blöd. Sie sind nur eine besorgte Schwester, die sich Gedanken um ihren Bruder macht. Mir ginge es an Ihrer Stelle genauso. Ich werde Ihren Bruder finden, Frau Buschmann."

Sentas Augen wurden feucht. „Danke."

„Haben Sie vielleicht ein Foto von Rainer? Das würde mir die Arbeit erleichtern."

„Ja, natürlich, das hätte ich fast vergessen." Sie griff in ihre Handtasche und legte ein kleines Farbfoto auf den Tisch. Es zeigte einen sympathischen blonden Mann mit blauen Augen und einem verschmitzten Lächeln. Er erinnerte mich an den jungen Robert Redford. Allerdings gab es im Vergleich mit Redford einen gravierenden Unterschied: Über Rainers linke Wange zog sich eine senkrechte Narbe.

„Die Narbe stammt aus seiner Jugend", sagte Senta. „Eine Schützenfestschlägerei. Jemand hat ihm ein zerbrochenes Bierglas durchs Gesicht gezogen."

Ich nahm das Foto in die Hand und betrachtete das Porträt genau. Und stutzte. Ich hielt es weiter entfernt, dann zog ich es wieder dicht vor meine Augen. Das ungute Gefühl war wieder da, dieses Mal mit der Gewalt eines Orkans. Und dafür gab es einen Grund: Ich kannte Rainer Buschmann.

6

Mitten in der Nacht ging das Handy. Bisher kannte ich das nur aus amerikanischen Filmen, aber jetzt erwischte es mich selbst. Müde knipste ich die Nachttischlampe an und langte nach dem Gerät. Meine Finger fanden die Empfangstaste, während meine Hand das Telefon zielsicher ans Ohr führte.

„Borowski", sagte ich mit schläfriger Stimme. Was ich dann zu hören bekam, machte mich von einer Sekunde zur anderen hellwach. Nach wenigen Augenblicken unterbrach ich das Gespräch mit den Worten: „Ich komme sofort."

Das Telefon flog auf den Teppich, während ich mich aufrichtete. Meine nackten Füße berührten den Boden und ich bekam eine Gänsehaut, ob aufgrund der Nachricht, die ich erhalten hatte oder aufgrund der Kälte, vermochte ich nicht zu sagen. Ich ignorierte die Kälte und stand auf. Im Bad war es warm, doch das Wasser, das aus dem Duschkopf auf mich herunter regnete, war eiskalt. Das hielt ich eine halbe Minute aus, dann stellte ich die Mischbatterie auf heiß und ließ mir wiederum dreißig Sekunden die Haut verbrühen. Dann wieder kalt, wieder heiß. Nach dem dritten kalten Schauer war ich endgültig munter. Ich rubbelte mich trocken, dass die Haut glühte, machte mir zur Sicherheit noch einen Espresso und verließ um halb vier das Haus.

Die Straßen waren frei. In Rekordzeit erreichte ich Häverstädt. Schon von weitem sah ich den leuchtenden Palast des Klinikums. Ich parkte auf dem gebührenfreien Parkplatz, der um diese Zeit grandios leer war, und rannte über das Gelände zum Haupteingang. Senta Buschmann wartete schon. Ihr Gesicht war tränenüberströmt.

„Frau Borowski, Gott sei Dank. Bitte verzeihen Sie mir, ich wusste einfach nicht, wen ich anrufen sollte. Ich habe solche Angst."

Ich nahm sie in den Arm und tätschelte ihr den Rücken. Bestimmt gab ich mal eine gute Mutter ab. „Ganz ruhig. Wir machen das zusammen."

„Oh, Frau Borowski, wenn ich Sie nicht hätte."

„Ich heiße Lavinia. Und jetzt setzen wir uns erst mal hin."

Ich führte Senta zu einer Reihe von Besucherstühlen, setzte mich neben sie und hielt ihr die Hand. „Hast du ihn schon gesehen?"

Senta schüttelte den Kopf. Ihr Pullover war bereits nass von Rotz und Wasser. Ich gab ihr ein Taschentuch.

„Nein. Ich habe Angst. Ich will es nicht allein tun. Wenn er es wirklich ist ... Oh, Lavinia, ich habe solche Angst."

„Hör zu, Senta." Ich packte sie hart bei den Schultern. „Konzentrier dich. Erzähl mir, was passiert ist. Aber ganz in Ruhe. Am Telefon habe ich dich kaum verstanden."

Sie putzte sich die Nase und sah mich an. „Okay. Also, ich war am Schlafen, als die Türklingel ging. Ich war sofort hellwach. Als Krankenschwester rechnet man immer mit nächtlichen Störungen. Es war die Polizei. Sie waren zu zweit und ein Pfarrer war dabei. Ich wusste sofort, Rainer war etwas zugestoßen. Ein Unfall, sagten sie. Zu hohe Geschwindigkeit. Und Alkohol. In seiner Brieftasche fanden sie meine Adresse. Seine sterblichen Überreste wären im Wesling-Klinikum. Wenn ich in der Lage wäre, wäre es schön, wenn ich zur Identifizierung kommen könnte. Ich sagte ihnen, ich brauchte einen Augenblick. Und dann rief ich dich an."

„Haben sie gesagt, wo es passierte?"

„L 770, kurz vor Petershagen. Ich verstehe das nicht, Lavinia. Rainer fährt schon mal einen heißen Reifen, ja. Aber niemals betrunken. In der Hinsicht war er solide und hat immer aufgepasst. Was ist da nur passiert?"

„Wir werden es herausfinden. Aber jetzt müssen wir erst mal zu Rainer."

„Müssen wir wirklich? Sie haben doch seine Papiere."

„Die hätten gestohlen sein können. Sie brauchen Gewissheit. Komm, sei tapfer. Du schaffst es schon."

In der Pathologie warteten zwei Ärzte und zwei Beamte in Uniform auf uns. Auf einem Metalltisch lag eine reglose Person unter einem blutigen Tuch.

Als einer der Ärzte das Tuch zurückzog, schrie Senta auf und brach zusammen. Ich warf nur einen kurzen Blick auf die Leiche. Das, was von Buschmann übrig geblieben war, hatte nicht mehr viel Ähnlichkeit mit einem Menschen. Ich wandte mich ab und sah zu, wie die Ärzte sich um Senta kümmerten. Wenig später kamen zwei Pfleger und brachten sie mit einer Liege in die Notaufnahme.

Ich wandte mich an die Polizisten. „Reicht das als Identifizierung?"

Die Beamten sahen sich an, als wollte der eine Bestätigung beim anderen holen. Einer sprach schließlich. „Sie hat zwar nichts gesagt, aber ich glaube, ihr Zusammenbruch ist Bestätigung genug." Er öffnete sein Notizbuch und schrieb etwas hinein.

„Dürfen Sie mir sagen, wie es passiert ist?", fragte ich.

Der Polizist, der nicht schrieb, antwortete. „Ein Autounfall. Er war mit überhöhter Geschwindigkeit unterwegs. Sein Tacho ist bei hundertachtzig stehen geblieben. Hat die Kontrolle verloren. Kein Wunder bei dem Tempo. Kam von der Fahrbahn ab, überschlug sich mehrere Male und landete schließlich auf dem Dach. Genickbruch, wenn Sie mich fragen. Er war noch angeschnallt."

„Seine Schwester sagte mir, es war Alkohol im Spiel?"

„So steht es im Bericht. Die Kollegen, die zuerst bei ihm waren, konnten den Dunst noch riechen.

Außerdem fanden sich Flaschenscherben überall an der Unglücksstelle."

„Was passiert mit Buschmanns Wagen?"

„Ist sichergestellt und wird natürlich untersucht. Aber die Sache dürfte eindeutig sein."

Ich bedankte mich für die Auskünfte und begab mich in die Notaufnahme. Senta lag auf einer Bahre. Sie war bei Bewusstsein, aber sediert. Ihre Augen waren glasig und blickten ausdruckslos zur Decke. Ich nahm ihre Hand. „Senta, ich bin's, Lavinia. Wie geht es dir?"

Sie wandte den Kopf und blickte mich an. „Gut. Die Kollegen kümmern sich gut um mich."

„Du siehst sehr blass aus. Geht es dir wirklich gut?"

Ihre Stimme klang müde und war leise, aber gut zu verstehen. „Lavinia, ich habe mich damit abgefunden. Rainer ist tot. Er wird nie mehr zu mir zurückkommen. Damit muss ich klarkommen."

„Da hast du Recht. Das Leben geht weiter, auch ohne Rainer. Du bist stark genug, um das zu schaffen." Zumindest hoffte ich das. Aber sie war immerhin Krankenschwester, und als solche gehörte der Tod zu ihrem täglichen Leben, wenn auch nicht unbedingt der Tod von Angehörigen.

Als ein Arzt vorbeikam, um nach dem Rechten zu sehen, nahm ich ihn beiseite und fragte, ob Senta zur Beobachtung im Klinikum bleiben müsse. Seine Antwort stellte mich zufrieden. Ein Klinikaufenthalt war nicht unbedingt erforderlich. Sofern jemand sie begleitete, könne sie nach Hause.

„Ich fahre dich nach Hause", sagte ich zu Senta. „Hast du wieder genug Kraft zum Gehen?"

Sie war noch etwas wackelig auf den Beinen, aber zehn Minuten später hatte ich sie im Focus und fuhr mit ihr nach Gehlenbeck, wo ihr Haus, das sie mit Rainer geteilt hatte, stand. Ich legte sie gleich ins Bett, kochte ihr einen Tee und führte eine Stunde lang belanglose Gespräche. So lange dauerte es, bis sie endlich eingeschlafen war. Dann schlich ich aus dem Zimmer und ließ sie allein.

Rainers Zimmer lag auf derselben Etage. Ich überlegte einen Augenblick, ob ich es tun sollte, dann trat ich ein. Ich sah sofort, dass Rainer Buschmann ohne eine Person, die ihn führte, hilflos war. Kleidungsstücke lagen auf dem Bett, auf dem Boden und über die Möbel verteilt. Papiere breiteten sich wie ein Teppich auf dem Boden aus. Der offene Kleiderschrank zeigte eine elegante, aber jugendliche Mode. Buschmann hatte einen Fernseher, eine Stereoanlage und zwei Computer.

Ich lief zurück in Sentas Zimmer. Senta lag in ihrem Bett. Ihr Körper hob und senkte sich unter der Decke in gleichmäßigen Zügen. Die Augen waren geschlossen, der Mund geöffnet. Tiefschlafphase.

Zurück in Rainers Zimmer begann ich mit einer systematischen Suche. Ich wusste zwar noch nicht, was ich suchte, aber irgendetwas musste es geben, was mir Aufschluss über Rainers Geheimnis gab. Zuerst nahm ich mir die Computer vor, musste jedoch feststellen, dass die gespeicherten Dateien für mich nicht von Nutzen waren. Danach öffnete ich alle Schubladen, entnahm ihnen alle Papiere, die ich fand, und schichtete sie zu einem Haufen auf dem kleinen Tisch in der Mitte des Raumes. Zum Schluss stellte ich die Aktenordner, die ich im Regal fand, dazu. Dann begann ich meine Beute durchzusehen, ohne Eile und mit aller Gründlichkeit.

Da waren Versicherungsunterlagen, die mich nicht weiter interessierten. Die Bankunterlagen waren dann schon aufschlussreicher. Bis zur Mitte des Jahres hatte Rainer kaum Geld gehabt. Seine Kontoauszüge zeigten mehr Soll als Haben, und auch sein Sparbuch wies nie höhere Guthaben als hundert Euro auf, ein Spardauerauftrag, der durch ständige Abhebungen nie größer wurde. Im späten Sommer schließlich wendete sich das Blatt. Das Kontoguthaben war rasant angewachsen und zu den Kontoauszügen gesellten sich auf einmal Depotauszüge. Rainer hatte Wertpapiere gekauft, zumeist Investmentzertifikate, vereinzelt Aktien und Schuldverschreibungen. Alles in allem war sein Vermögen seit August auf vierzigtausend Euro angewachsen.

Ich suchte weiter und fand ein Adressbuch aus Leder im Oktavformat. Ich machte mir nicht die Mühe, es durchzublättern, sondern steckte es gleich in meine Tasche. Außer dem Adressbuch fand ich ein Notizbuch und einen Terminkalender. Nach einem kurzen Blick in die Seiten wanderte beides ebenfalls in meine Tasche. Zu Hause würde ich mir alles in Ruhe ansehen.

In einem Ordner hatte Rainer Zeitungsausschnitte gesammelt, größtenteils Berichte über verschwundene Frauen und gefundene Leichen, ebenfalls Frauen. Die Sammlung hatte im Sommer begonnen. Einen Schuhkarton gab es auch. Ich fand ihn in der hintersten Ecke seines Kleiderschranks. Ich stellte ihn zu den anderen Geheimnissen auf den Tisch und hob den Deckel. Fotos. Ausnahmslos Frauenporträts, die meisten davon Nacktaufnahmen. Ich nahm die Fotos heraus und blätterte sie durch. Es fanden sich alle Frauentypen darunter: große, kleine, schlanke, korpulente, Rothaarige, Schwarzhaarige, Blonde, Brünette, junge Mädchen, reifere Frauen. Senta hatte gesagt, dass Rainer Beziehungen hasste – jedenfalls bis vor kurzem. Doch dass jemand Aktfotos von seinen One-Night-Stands machte, war eher ungewöhnlich, wenn auch nicht auszuschließen.

Ich nahm mir noch einmal die Zeitungsschnipsel vor. Nachdem ich sie überflogen hatte, kam mir ein furchtbarer Verdacht. Ich drängte die Gedanken, die sich in mein Hirn schlichen, beiseite und steckte auch die Zeitungsausschnitte und die Fotos ein, brachte die verbliebenen Gegenstände an ihren Platz zurück, schaute noch einmal bei der schlafenden Senta vorbei und verließ das Haus.

Es war hell mittlerweile. Ich setzte mich in meinen Wagen und holte das Handy hervor. Ich tippte eine Nummer ein und begann zu sprechen.

„Horst, du musst mir einen Gefallen tun."

„Springt etwas für mich dabei heraus?"

„Du meinst, so etwas wie gestern?"

„Zum Beispiel."

„Reicht auch ein Whisky?"

„Kommt auf den Gefallen an."

„Okay, hör zu. Heute Nacht ist bei Petershagen auf der L 770 ein Audi verunglückt. Totalschaden, nehme ich an. Der Fahrer auch, ein gewisser Rainer Buschmann. Kannst du herausfinden, wohin das Auto gebracht wurde?"

„Klar, wenn der Bericht schon in der EDV ist. Ich sehe nach und melde mich gleich wieder."

Ich startete den Wagen und fuhr los. Als ich in Isenstedt war, klingelte das Handy. Ich fuhr rechts ran und drückte die Empfangstaste.

„Vinnie, der Wagen, den du suchst, steht in einer Werkstatt in Petershagen. Wie du vermutest hast, Totalschaden. Die Karre hat sich mehrmals überschlagen, keine Chance für den Fahrer."

„Hat die Polizei sich um den Wagen gekümmert?"

„Wozu? Die Sache war eindeutig. Fahren unter Alkoholeinfluss und mit überhöhter Geschwindigkeit. Kein Fremdverschulden feststellbar. Der Wagen ist zur Verschrottung freigegeben."

„Na gut. Danke, Horst. Wie ist der Name der Werkstatt?"

Bremer gab ihn mir. Dann wechselte sein Tonfall. „Was hast du vor? Willst du den Wagen kaufen?"

„Warum nicht? Vielleicht sammele ich ja Schrottautos. Wenn ich darüber nachdenke, ist das gar keine schlechte Idee. Damit kann ich bestimmt mehr Geld verdienen als mit meiner Schnüffelei."

„Sag mir die Wahrheit, Vinnie. Du hast doch etwas vor. Weißt du etwas, was ich nicht weiß?"

„Du sagst, deine Kollegen haben den Unglückswagen nicht näher untersucht. Dann weiß man auch nicht, ob der Unfall echt war oder ob jemand nachgeholfen hat."

„Lavinia, was weißt du?" Bremers Stimme wurde drängender.

„Nichts. Ich weiß gar nichts. Ich habe nur angefangen, mir ein paar Fragen zu stellen."

„Was für Fragen?"

„Nun, Rainer Buschmann betreffend."

„Was hast du überhaupt mit Buschmann zu tun?"

„Seine Schwester ist meine Klientin. Sie nahm gestern Kontakt zu mir auf und bat mich, ihren vermissten Bruder zu suchen. Leider fand nicht ich ihn, sondern Schlafes Bruder. Senta rief mich heute Nacht an. Rainer habe einen tödlichen Unfall erlitten. Sie bat mich, sie zur Identifizierung der Leiche zu begleiten."

„Was du getan hast, nehme ich an. Und beim Betrachten der Leiche kam dir der Gedanke, dass Buschmann ermordet worden sein könnte."

„Horst, du wirst mir unheimlich. Du kannst ja Gedanken lesen."

„Ich kann keine Gedanken lesen. Ich mache mir nur Sorgen um eine Frau, die früher in ihrem Leben mal eine seriöse Polizistin war und jetzt auf Philip Marlowe macht."

„Danke für die Blumen. Aber wenn ich dir jetzt sage, dass ich Rainer Buschmann kenne, wird vielleicht auch für dich ein Schuh daraus."

„Also gut. Woher kennst du Rainer Buschmann?"

„Du weißt von meinem vorletzten Auftrag."

„Dem, bei dem dir die Zielperson ebenfalls vor den Fingern weggestorben ist?"

„Der Fall Wortmann, genau. Du erinnerst dich, wie ich dir erzählte, dass es in der Versammlung der seriösen Herren ganz gut rund ging?"

„Ja, ich kann mich erinnern, dass du einen Streit erwähntest."

„Nein, ich erwähnte, dass ich den Eindruck hatte, dass es zu einem Streit gekommen war. Erinnerst du dich auch, dass ich sagte, dass einer der Männer das Palaver verließ, sich in seinen Wagen setzte und davonfuhr?"

„Das war kurz bevor du niedergeschlagen wurdest." Bremers Stimme klang jetzt besorgt.

„Genau. Und jetzt rate mal, was."

„Ich weiß nicht, was du meinst."

„Der Typ, der sich mir nichts dir nichts davonstahl, war Rainer Buschmann."

Die Werkstatt befand sich in Lahde, in der Nähe des Hagebaumarktes. Buschmanns Wagens ruhte auf einer kleinen Schotterfläche abseits der zu reparierenden Fahrzeuge. Schon von weitem war zu sehen, dass der Audi nie wieder fahren würde.

Ich parkte meinen Ford direkt neben dem Wrack, stieg aus, nahm meine Kamera und machte ein paar Aufnahmen. Der Audi bestand praktisch nur noch aus Beulen und Falten. An fast allen Stellen war der Lack abgesplittert und nacktes Metall glotzte mir höhnisch entgegen. Das Dach war eingedrückt und lag auf den Rücklehnen der Sitze auf. Die Fensteröffnungen gähnten in den Tag. Was von den Scheiben übrig geblieben war, lag in Millionen Splittern auf den Sitzen und dem Boden. Der Beifahrersitz war aus der Verankerung gerissen und lag nur lose im Innenraum. Das Armaturenbrett war auseinandergebrochen. Das Lenkrad bohrte sich in den Fahrersitz. Zwischen den funkelnden Splittern konnte ich dunkle Flecken erkennen.

Ich versuchte, die Fahrertür zu öffnen. Erst weigerte sie sich, aber dann ging sie mit lautem

Quietschen auf. Ich musste meine ganze Kraft aufwenden, um sie so weit zu öffnen, dass ich mich in den Wagen hineinbeugen konnte. Ich streckte meine Hände aus und versuchte, die Bremse zu erreichen. Es war nicht einfach, und ich musste erst unzählige Splitter beiseite räumen, aber schließlich hatte ich es geschafft. Das Bremspedal ließ sich ohne Widerstand bis auf den Boden drücken. Das Gleiche probierte ich mit dem Gaspedal, das allerdings Widerstand aufwies, sowie mit der Kupplung, die sich wie die Bremse leicht durchdrücken ließ.

Als ich meinen Test beendet hatte, ging ich zurück zum Focus und machte dort das Gleiche. Das Ergebnis war dasselbe wie beim Audi, mit dem Unterschied, dass mein eigenes Bremspedal schon nach wenigen Millimetern Gegendruck ausübte. Trotz aller Versuche gelang es mir nicht, das Pedal bis auf den Boden zu drücken.

Ich wandte mich erneut dem Audi zu und drückte die Bremse ein zweites Mal. Wieder ließ sie sich mühelos bis zum Boden durchdrücken.

„He, was machen Sie da?"

Ich zuckte zusammen. Es war die Stimme eines Mannes. Während ich mich mühte, mich aus dem Labyrinth des Fahrerraums zu quetschen, hörte ich, wie jemand näher kam. Als ich mich schließlich von dem Audi befreit hatte, sah ich mich einem Mann in einem ölverschmierten Overall gegenüber. Sein Gesichtsausdruck ließ erkennen, dass er mit dem, was ich gemacht hatte, nicht einverstanden war, oder – um mit der Queen zu sprechen - er war *not amused*.

„Ist dies der Wagen Rainer Buschmanns? Das Unfallfahrzeug von der L 770?", fragte ich. Natürlich war er es, aber irgendetwas musste ich sagen, die Situation war einfach zu blöd.

„Ich wüsste nicht, dass Sie das etwas angeht", sagte der Mann mit mürrischer Stimme. Er war nicht sehr groß, aber kräftig gebaut, und er baute sich vor mir auf, dass kein Zweifel aufkam, was er von mir erwartete.

Ich zeigte ihm meinen Ausweis. Nicht dass das etwas genützt hätte. Solche Typen ließen sich von dümmlichen Lizenzen nicht beeindrucken. Aber ich musste es wenigstens versuchen, manchmal hatte man auch Glück.

„Lavinia Borowski, Privatdetektivin", las er mit zusammengekniffenen Augen. „Sieh mal einer an, eine Schnüfflerin. So was hatten wir hier ja noch gar nicht. Und was will die Schnüfflerin hier?"

„Dieses Fahrzeug hier", ich wies auf den Audi, „ist ein Asservat aus einem Verkehrsunfall."

„Ein was?"

Mit der Antwort hatte ich gerechnet, aber ich hatte keine Lust auf Nachhilfe in Latein. „Wurde der Wagen untersucht?"

„Untersucht? Worauf? Auf Herz-Kreislauf-Beschwerden?" Der Mechaniker lachte laut über seinen flachen Witz.

„Sie haben den Wagen also nicht einer Untersuchung unterzogen, um die Unfallursache zu ergründen?"

„Lady, da muss nichts untersucht werden. Die Unfallursache ist so eindeutig wie die Tatsache, dass ich Haare auf dem Sack habe."

„Haben Sie welche?"

Der Mann zuckte zusammen und ballte die Fäuste. „Nun werden Sie mal nicht frech, Schnüfflerin."

Im Augenblick schien es besser, in die Defensive zu gehen. Beschwichtigend hob ich meine Hände. „Entschuldigen Sie, mein Temperament geht manchmal mit mir durch, wenn ich so attraktive Männer wie Sie sehe. Sagen Sie, Sie würden mir nicht zufällig erlauben, dass ich mir das Fahrzeug mit einem Sachverständigen ansehe?"

Er fletschte die Zähne und zeigte ein zynisches Grinsen. „Die Antwort darauf lautet: Erstens, nein, ich erlaube Ihnen nicht, den Wagen zu untersuchen. Und zweitens, selbst wenn, dann müssten Sie sich tierisch beeilen. Die Karre geht morgen früh zur Verschrottung. Und jetzt sehen Sie zu, dass Sie Land gewinnen. Sonst rufe ich die Polizei und verklage Sie auf Hausfriedensbruch."

„Dazu müssten Sie mir erst einmal Hausverbot erteilen."

„Bitte schön. Ist hiermit geschehen."

Ich wandte mich ab und setzte mich in meinen Focus. Bevor ich die Tür schloss, rief ich dem Mechaniker zu: „Übrigens, hatten Sie schon mal Besuch von der Steuerfahndung?"

Ich schaffte es, das Gelände der Werkstatt zu verlassen, bevor der Schraubenschlüssel des Mechanikers mich treffen konnte.

Als ich mein Büro betrat, war es kalt wie immer. Ich drehte die Heizung auf, machte mir einen Kaffee und nahm mir das Mindener Tageblatt vor. Aufstände in Ägypten, Schnee und Straßenglätte in Deutschland, Weihnachtsmärkte im Altkreis. Nach zehn Minuten hatte ich die Zeitung durch. Ich machte mir einen zweiten Kaffee und kümmerte mich um die Post. Ein Brief mit Werbung für Lautsprecherboxen, zwei Bettelbriefe für Spenden, eine Rechnung. Die Rechnung kam in den „Wichtig"-Korb, der Rest wanderte in den Papierkorb.

Danach machte ich mir einen dritten Kaffee. Okay, drei auf einen Streich sind vielleicht etwas viel, aber manchmal brauchte mein Körper das. Dermaßen aufgeputscht setzte ich mich an den Schreibtisch und leerte meine Tasche. Sodann sortierte ich die Papiere, die ich aus Buschmanns Zimmer mitgenommen hatte. Aber richtig konzentrieren konnte ich mich nicht, die Zeitungsschnipsel fielen mir immer wieder ins Auge. „Was hast du gemacht, Burschi?", fragte ich.

Ich legte die Fotos zu den Zeitungsausschnitten. „Gehört ihr zusammen?"

Buschmanns Terminkalender war übersichtlich. Die Einträge begannen erst im August und bestanden nur aus Abkürzungen: NP, TM, ZT. Sie waren unregelmäßig über verschiedene Tage verteilt, ein Muster war nicht zu erkennen. Ein NP stand unter dem vorgestrigen Tag. Für das kommende Wochenende waren TM und ZT eingetragen. Wie ich beim Durchblättern sah, fanden sich die TMs und die ZTs bei jedem Wochenende und waren bis zum Jahresende vorgetragen. Die NPs schienen willkürlich über das Jahr verstreut, im Durchschnitt einmal die Woche.

„Was willst du mir sagen? NP wie Nordpunkt?"

Ich nahm mir einen Schreibblock und begann mit Notizen.

NP = Nordpunkt
TM = ?
ZT = ?

Ich legte den Kalender beiseite und nahm mir das Notizbuch vor. Dort stieß ich auf dieselben Abkürzungen. Außerdem waren weitere Buchstaben, hinter denen jeweils ein Punkt stand, zu finden, dahinter eine Zahl.

„Initialen? Seid ihr Namen? Und die Zahl ist euer Preis?"

Ich zählte die Gruppen durch und kam auf zweiundzwanzig. Wieder machte ich mir Notizen.

Zweiundzwanzig Namensinitialen. Zweiundzwan-
zig Zahlen. Preise? Erlöse? Fotos: zweiundzwanzig.
Zeitungsartikel: fünf. Zusammenhang?

Ich legte das Blatt an die Seite und nahm das
Adressbuch in die Hand, ein kleiner Leporello im
Oktavformat. Die Namen sagten mir nichts. Bis auf
einen. Deutlich stach er aus der Liste hervor, der
einzige, der mir bekannt war. Johann Müller. Die
Adresse zeigte mir, dass es sich um den Johann
Müller handelte, den ich kannte.

Was hatte Freund Rainer mit dem Bordellkönig
von Minden zu tun?

Und da ich schon dabei war, tiefgründige Betrachtungen anzustellen, blitzte eine weitere Asso-
ziation vor meinem inneren Auge auf. War Jabba
Müllers Bodyguard? Und wenn ja, war Müller
dann vielleicht der vierte Mann aus der Nord-
punkthütte, der Mann, dessen Gesicht ich nicht
hatte sehen können, weil er sich meinem Blick
durch eine Fenstergardine entzogen hatte?

7

Die Hafenstraße war nicht gerade die erste Adresse in Minden, aber Alis Boxstudio hob sich aus der
Masse der heruntergekommenen Häuser heraus.

Ali, der in Wirklichkeit Mehmet Erdogan hieß und den Namen seines Studios auf die Tatsache zurückführte, dass er in seiner Jugend einmal mit dem großen Muhammad Ali im Sparring gestanden hatte – niemand hatte das je überprüft, aber alle ließen Mehmet in dem Glauben, dass sie ihm glaubten –, dieser Ali also war ein alter freundlicher Mann, der viele junge Boxer ausgebildet und in den Ringen der Welt untergebracht hatte. Er war nicht reich geworden, weder in seiner aktiven Zeit als Boxer noch als Besitzer des Studios, aber das störte ihn nicht. Sein Laden lief und sicherte ihm ein auskömmliches Einkommen.

Als ich den Schuppen betrat, empfing mich der übliche Geruch: uralte Gummimatten, Männerschweiß, klamme Klamotten, stinkende Socken. Und über allem lag der Gestank von Alis Übelkeit erregenden Zigarren, deren grauer Qualm in dichten Wolken durch die Halle zog. Ali stand vor dem Ring, die Zigarre im Mundwinkel, und sah einem Paar beim Training zu. Beim Näherkommen sah ich, dass einer der Kämpfenden ein Mädchen war.

Ali erblickte mich sofort. „Lavinia, wie schön, dich zu sehen. Du kommst gerade richtig." Er wandte sich wieder dem Ring zu. „He, Charlie, mach mal einen Moment Pause. Ich möchte dir jemand vorstellen."

Das Mädchen gehorchte, kletterte aus dem Ring und ließ sich Handschuhe und Kopfschutz abnehmen.

„Charlie, das ist Lavinia Borowski", sagte Ali und deutete auf mich. „Die Frau, von der du einiges lernen kannst. Lavinia kam als Teenager zu mir. Das ist jetzt wie viele Jahre her, Lavinia?"

„Siebzehn, Ali", antwortete ich.

„Siebzehn", sagte Ali. „Und seitdem kommt sie jede Woche und trainiert und trainiert. Genauso hart wie ein Mann, und so muss es auch sein. Wenn eine Frau fighten will, darf sie keine Pussy sein. Habe ich nicht recht, Lavinia?"

„Richtig, Ali."

„Nimm sie dir zum Vorbild, Charlie. Leider hat Lavinia es vorgezogen, beruflich einen anderen Weg einzuschlagen. Ich garantiere, sie wäre eine erfolgreiche Boxerin im Federgewicht geworden."

„Oh", setzte er nach einer kurzen Pause an mich gewandt hinzu, „Charlie heißt in Wirklichkeit Charlotte. Aber das hast du dir sicher schon gedacht."

Ich drückte Charlie die Hand. „Freut mich, Charlie."

Das Mädchen lächelte verzückt. „Mich auch. Ich habe schon viel von dir gehört. Ich bin erst das zweite Mal hier heute, aber praktisch jede Minute erzählt Ali von dir."

„Ich hoffe, nur Gutes."

„Kannst du dir vorstellen, Lavinia, dass unsere gute Charlie hier eine schwer Erziehbare ist und gerade aus dem Jugendknast kommt?", sagte Ali.

„Was hast du denn ausgefressen?", fragte ich.

„Na ja, Autos aufgebrochen, Autos frisiert, Einbrüche."

„Heimkind?"

Charlie nickte. „Meine Eltern starben, als ich drei war."

„Du verstehst etwas von Autos?"

„Na ja, ich habe eine Lehre als Kfz-Mechaniker gemacht. Hab aber die Prüfung nicht geschafft."

„He, ihr beiden Turteltäubchen scheint euch ja gut zu verstehen", sagte Ali. „Wie wäre es mit einem kleinen Sparring?"

Charlie sah mich flehend an. „Ja, bitte."

„Na gut." Ich zuckte die Achseln. „Warum eigentlich nicht?" Ich zog meine Schuhe aus, setzte mir Kopfschutz auf und Mundschutz ein und ließ mir von Ali die Handschuhe anziehen.

Nach einer Minute und einem Treffer mitten ins Gesicht wusste ich, dass ich es nicht mit einer Anfängerin zu tun hatte. Ich zog mein Tempo an. Charlie landete ein paar weitere Punkttreffer, aber am Schluss war ich Siegerin nach Punkten.

„Donnerwetter", sagte ich, als ich mich meiner Ausrüstung entledigt und die Schuhe wieder angezogen hatte. Hut ab, Charlie verdiente Respekt. Das sagte ich ihr auch. „Ich hatte mich schon gewundert, warum Ali eine Anfängerin in den Sparring lässt. Du bist keine Anfängerin, richtig?"

„Na ja, ich habe im Knast ein bisschen geübt."

„Ja, nicht schlecht die Kleine, was?", sagte Ali. „Bringt gutes Potenzial mit. Tägliches Training, und in einem Jahr beginnen die echten Fights."

„Million Dollar Baby, was?", sagte ich. „Pass auf, Charlie, dass er dich nicht verheizt."

Charlie lächelte glückselig, als sie Richtung Dusche verschwand. Ich nahm Ali beiseite. „Ist DJ schon da?"

Ali blickte auf seine Uhr und schüttelte den Kopf. „Ist noch nicht seine Zeit. Schätze, er kommt in einer Stunde."

„Okay. In der Zwischenzeit kannst du mir auch weiterhelfen."

„Klar, Kindchen, was ich für dich tun kann, tu ich. Schieß los."

„Wie komme ich an Johann Müller heran?"

Alis Gesichtszüge erstarrten. „Den Bordellkönig? Am besten gar nicht. Was willst du von ihm?"

„Er spielt eine Rolle in einem Fall, den ich bearbeite."

Ali hob den Zeigefinger. „Ich gebe dir einen guten Rat, Lavinia: Lass die Finger von Müller. Du wirst dir nicht nur die verbrennen, wenn du dich ihm näherst."

„Ali, ich meine es ernst."

„Ich auch." Er nahm mich bei der Hand und führte mich zu einer Bank, wo wir uns setzten und er sich eine neue Zigarre ansteckte. Eine Weile sagte er gar nichts. Er sah bloß den Trainierenden zu, ohne sie wirklich zu sehen. Ich konnte seine Gedanken förmlich lesen. Dennoch sagte auch ich nichts. Ich schloss die Augen und wartete. Der Duft des Studios drang in meine Nase und weckte die Sehnsucht nach alten Zeiten, als ich noch unbeschwert trainieren konnte, damals, als ich noch bei der Polizei war, in einem sicheren Arbeitsverhältnis mit monatlichem festen Einkommen. Na ja. Ich konzentrierte mich auf die Geräusche des Studios. Die Schreie der Kämpfer drangen an mein Ohr, das Scharren und Stampfen ihrer Füße auf dem Boden. Ich dachte an den kurzen Fight mit Charlie zurück. Das hatte gut getan. Ich nahm mir vor, künftig wieder regelmäßig zu trainieren, vielleicht mit Charlie, die wirklich Potenzial besaß und mit der der Kampf richtig Spaß gemacht hatte.

Der Duft der Zigarre verschwand aus meinem Bewusstsein. Ich öffnete die Augen. Ali hatte aufgeraucht.

„Hör zu, Lavinia. Ich kenne Müller, habe ihn ein paar Jahre trainiert. Er kam aus der Gosse, Vater unbekannt, Mutter Alkoholikerin. Er gehörte zu diesen Jungs, die es aller Welt zeigen müssen. Du weißt schon: Ich habe den Längsten und so. Ist von wer weiß wie vielen Schulen geflogen, weil er Mitschüler abgezogen hat, Drogen sollen auch mit im Spiel gewesen sein. In seiner Freizeit klaute er Autos und vergewaltigte Mädchen. Als ich davon erfuhr, habe ich ihn aus dem Klub geschmissen. Dann wurde es ein paar Jahre still um ihn. Manche sagen, er wäre im Knast gewesen, aber genau weiß das niemand. Als man wieder von ihm hörte, gehörte ihm ein Bordell. Innerhalb von drei Jahren besaß er zehn. Soviel ich weiß, kontrolliert er alle Puffs im Umkreis. Man munkelt, er hätte Verbindungen zur Mafia. Wundert mich, dass du in deiner Zeit als Polizistin nicht mit ihm zu tun hattest."

Das wunderte mich jetzt auch, aber es war eine Tatsache.

„Wie auch immer. Ich weiß nicht, was für Geschäfte Müller noch am Start hat, vielleicht werfen auch die Bordelle genug ab. Jedenfalls kann er sich einiges leisten. Hat eine Villa am Weserufer und weitere Häuser an Nord- und Ostsee. Alles, worum es ihm geht, ist Geld. Und dafür tut er alles. Er fragt nicht nach Legalität, wenn er ein Geschäft macht. Er fragt nur nach der Rendite.

Natürlich hat so ein Mann auch Feinde. Deshalb umgibt er sich mit einer Armee von Bodyguards. Würde mich übrigens nicht wundern, wenn auch Auftragsmord zu seinem Geschäftsmodell gehört. Am Anfang seiner Karriere als Bordellbesitzer gab es einen Konkurrenten. Zunächst fochten sie ihren Kampf nach den Regeln der Marktwirtschaft aus, der eine ging mit den Preisen runter, der andere bot besseren Service und so weiter. Eines Tages fand man den Konkurrenten tot von einem Baum hängend, den Kopf nach unten, die Kehle durchschnitten."

Ein Bild erschien vor meinen Augen. Eine Szene, die erst wenige Tage zurücklag. Hatte ich eine Spur im Fall Wortmann?

„In der Folgezeit verschwanden immer wieder mal Leute, die nicht mit ihm konnten. Würde mich nicht wundern, wenn Müller sie kaltgestellt hätte.

Und das ist der Grund, warum du die Finger von ihm lassen solltest."

Ich nahm Alis Warnung ernst, aber ... „Ich muss an ihn ran."

Ali schüttelte den Kopf. „Kindchen, Kindchen. Ich texte dich voll mit Horrorgeschichten von einem mutmaßlichen Mörder, und alles, was du sagst, ist, ich muss aber an ihn ran. Also gut. Ich kenne da jemanden aus Müllers Dunstkreis, einen kleinen Angestellten, der hier trainiert. Eine Nullnummer, wenn du mich fragst. Er wird es beim Boxen nie zu etwas bringen, trainiert einfach nicht ernst genug. Aber sei's drum. Wie gesagt, arbeitet er für Müller. Und jetzt das Beste: Er ist nicht sehr zufrieden mit seiner Arbeit. Hat öfter mal ein paar Andeutungen fallen lassen, dass er den Laden am liebsten verlassen würde. Aber das geht nun mal nicht. Einmal bei Müller, immer bei Müller. Alternative: Verschwinden im Nirwana. Ich kann euch ja mal zusammenbringen."

„Heute Abend, Ali."

„Donnerwetter, du hast es aber eilig, ins Gras zu beißen. Okay, warte hier. Ich geh mal zum Telefon."

Nach fünf Minuten war er wieder da. „Ich hab ihm gesagt, eine Reporterin will ihn sprechen. Erst hat er es ein bisschen an Kooperation mangeln lassen, aber als ich ihm sagte, für das Interview würde er eine kleine Entschädigung bekommen, war er bereit."

„Ali ... Wie hoch ist die Entschädigung?"

„Fünfhundert Mäuse."

„Fünfhundert!" In diesem Moment konnte Ali sehen, wie blass meine Gesichtshaut werden konnte. „Du scheinst eine falsche Vorstellung davon zu haben, was Detektive verdienen. Ich kann gerade meine Miete zahlen, und wenn es gut läuft, bleibt sogar etwas für eine Scheibe Toast übrig. Woher soll ich fünfhundert Euro nehmen?"

Ali hob die Schultern. „Das ist dein Problem, Kindchen. Mein Rat lautet ohnehin, die Finger von Müller zu lassen."

„Na schön, irgendwie werde ich die Kohle auftreiben. Wo treffe ich den Mann?"

„Heute um Mitternacht in Rahden. Am Nordpunkt. Weißt du, wo das ist?"

„Ja", antwortete ich bedächtig, „ich bin schon mal da gewesen." Ich erhob mich. „Danke, Ali. Du hast was gut bei mir."

Er fasste mich an den Schultern. „Scheiß was drauf. Komm einfach nur heil wieder. Ich verliere ungern ein Talent wie dich. Du solltest übrigens mal wieder einen echten Kampf machen. Du bist immer noch gut in Form."

„Danke für die Blumen. Ich seh dich nachher noch." Ich gab Ali einen Kuss auf die Wange und wandte mich ab. Unschlüssig, was ich als Nächstes tun sollte – es war ja noch Zeit, bis DJ kam –, bewegte ich mich in Richtung Umkleideräume. Eine innere Stimme trieb mich dorthin, und wie sich im Nachhinein herausstellte, war es gut, dass ich auf sie hörte.

Ali hatte vor zwanzig Jahren eine weitere Duschkabine und einen zweiten Umkleideraum einrichten müssen, als sein Klub dazu übergegangen war, immer mehr Frauen aufzunehmen. Ich mochte nicht daran denken, welche Verhältnisse die erste Frau in Alis Studio vorfand; nun, wahrscheinlich hatte sie zu Hause geduscht. Wie auch immer, heute jedenfalls gab es für Frauen einen separaten Bereich.

Als ich die Tür öffnete, kam mir der Geruch von Schweiß, Wasserdampf und süßlichem Duschgel entgegen. Feuchter Dunst kroch aus dem Duschbereich. Charlie war die einzige Anwesende. Sie stand vor einem Spind, nackt, ein Handtuch auf dem Boden zu ihren Füßen. Ich betrachtete ihren knabenhaften Körper, dessen Brüste mindestens Körbchengröße C hatten und in krassem Gegensatz zu ihrer zarten Gestalt standen. Sie würde hart trainieren müssen, um das für Kämpfe notwendige Muskelpaket aufzubauen. Als sie mich sah, lächelte sie wieder ihr verzücktes Lächeln.

„Hallo, Lavinia." Sie nahm ihre Sachen aus dem Spind, zog sich aber nicht an.

„Kfz-Mechanikerin, hm?", sagte ich.

„Ja." Charlie nickte. „Aber ohne Schein."

„Hör zu, Charlie. Ich weiß nicht, ob Ali es dir erzählt hat. Ich bin Privatdetektivin. Im Moment arbeite ich an einem Fall, bei dem ich ganz gut einen Schrauber brauchen könnte. Wir kennen uns erst ein paar Minuten, aber ich möchte dich fragen ..."

„... ob ich dir einen Gefallen tun kann?" Über Charlies Gesicht lief ein Strahlen wie bei Kindern zu Weihnachten. „Natürlich, Lavinia. Jederzeit. Das mach ich gern für dich."

„Ja?" Ich war überrascht über Charlies sofortige Zustimmung. Sie wusste ja noch gar nicht, was auf sie zukam. „Danke, Charlie. Du rettest mir sozusagen das Leben."

Charlie, immer noch nackt, setzte sich auf die Bank. „Also, was soll ich tun?"

Ich setzte mich zu ihr und erläuterte ihr meinen Plan. Drei Minuten später stand ich auf. „Also, bis heute Nacht. In Ordnung?"

Charlie lächelte mir nach, als ich die Umkleidekabine verließ. Ich musste noch eine halbe Stunde warten, dann erschien DJ. Wie üblich, musste er sich ducken, um nicht mit dem Kopf an die Eingangstür zu stoßen. Wer ihn und seine gutmütige Seele nicht kannte, musste direkt Angst vor ihm bekommen. Seine große, kräftige Gestalt sah zum

Fürchten aus, manche nannten ihn Hulk. Aber er konnte nichts dafür, dass sein Körper noch über das zwanzigste Lebensjahr hinaus weiter gewachsen war, soviel, dass er ohne weiteres in der NBA hätte spielen können. Die Muskeln, die sein T-Shirt beinahe sprengten und sein Körpergewicht auf das doppelte Normalgewicht brachten, hatte er sich allerdings mühsam über die Jahre antrainiert; für das Geld, das er dafür investiert hatte, hätte er sich ein eigenes Fitnessstudio kaufen können. Dennoch war er nicht dumm, auch wenn sein gutmütiger Gesichtsausdruck zu dieser Annahme verleitete.

Ich lief auf ihn zu, erfreut, ihn zu sehen, und begrüßte ihn, indem ich ihn in die Arme nahm, was sicherlich aberwitzig aussah, da ich meine Arme hinter seinem breiten Rücken nicht schließen konnte. „DJ, ich habe schon auf dich gewartet."

„Spricht das jetzt für mich oder gegen mich?", erwiderte DJ mit seiner tiefen Stimme und einem Grinsen, das ein Gebiss wie aus einem Musterkatalog für Kieferorthopäden enthüllte.

„DJ, du musst mir einen Gefallen tun. Ich hoffe, du hast heute Nacht keinen Dienst."

Er schüttelte den Kopf. „Die Zeiten für Türsteher werden härter. In der Woche hat kaum noch eine Disko geöffnet. Hab kürzlich einen Job als Taxifahrer angenommen, um über die Runden zu kommen."

„Aber heute Nacht hast du frei?"

Er nickte. „Was hast du auf dem Herzen, Kleinchen?"

Während ich erzählte, wurde sein Grinsen immer breiter. Als ich am Schluss angekommen war, sagte er: „Wird mir ein Vergnügen sein. Das wird bestimmt ein Spaß."

8

Natürlich war es lausig kalt, als ich eine Viertelstunde vor Mitternacht am Nordpunkt eintraf. Die Straße war leer, keine Spur eines anderen Fahrzeugs. Mein Informant schien noch nicht da zu sein. Als ich aus dem Wagen stieg, nahm mir die eisige Luft den Atem. Eiskalte Schneeflocken legten sich auf meine Wangen und begannen ihr grausames Auskühlungswerk. Es blieb allerdings bei dem Versuch, denn dieses Mal war ich vorbereitet. Unter der festen Jeans trug ich eine Strumpfhose. Die Füße waren in zwei Paar Socken, ein dünnes und ein dickes, sowie in Winterstiefel verpackt. Die gefütterte Jacke würde auf jeden Fall etliche Minuten vor dem Auskühlen schützen. Als ich über die Straße auf den Platz zuschritt, korrigierte ich den Sitz der Mütze. Ja, auch an meine Ohren hatte ich gedacht. Außerdem zog ich Handschuhe an. Zu guter Letzt wand ich mir einen Schal um Hals und Gesicht, und damit waren nur noch die Augen ungeschützt. Wie gesagt, ich war vorbereitet; manche Fehler passieren mir nur einmal.

Bevor ich das Gelände betrat, knipste ich meine Taschenlampe an und leuchtete den Platz ab. „Machen Sie das Licht aus", zischte eine Stimme aus dem Hintergrund.

Während ich noch darüber nachdachte, wie mein Geschäftsfreund es geschafft hatte, vor mir da zu sein – immerhin hatte ich kein anderes Auto wahrgenommen -, tat ich ihm den Gefallen, das Licht zu löschen. Die Lampe behielt ich in der Hand, in die Luft gestreckt wie eine Keule, bereit, jeden Moment zuzuschlagen. Man weiß ja nie. Im schwachen Mondlicht zeichnete sich schließlich eine Gestalt ab, die vor dem Eingang der Restaurationshütte stand. Sie musterte mich anscheinend eine Weile; genau konnte ich es nicht sehen, aber der Typ rührte sich nicht einen Millimeter, sodass ich schon annahm, es mit einer Schaufensterpuppe oder einer weiteren Leiche zu tun zu haben. Dann jedoch trat er einen Schritt zurück und war sofort verschwunden, absorbiert von der Dunkelheit, die die Hütte umgab.

„Kommen Sie hier herüber", sagte die Stimme.

Ich tastete mich langsam an die Hütte heran. Bevor meine Augen sich an die Dunkelheit gewöhnen konnten, sagte der Mann: „Heben Sie Ihre Arme über den Kopf."

Ich kam auch dieser Aufforderung nach und streckte also meinen zweiten Arm in die Luft. Im nächsten Moment fühlte ich Hände an meinem Körper. „Tasten Sie mich bloß ab oder haben Sie etwas mit mir vor?", fragte ich.

„Man kann nicht vorsichtig genug sein."

Sieh an, dachte ich, noch einer von meiner Sorte. Gleichwohl kann man es als Frau nicht tolerieren, von einem Mann begrapscht zu werden, und sei es auch nur zu einem guten Zweck. „Sie verschwenden Zeit. Wir sind hier nicht in Hollywood. Ich habe weder eine Waffe noch ein verstecktes Mikro bei mir."

Natürlich hörte er nicht auf mich. Aber ich musste zugeben, er war rücksichtsvoll. Die fraulichen Stellen tastete er nur oberflächlich ab. „Okay", sagte er schließlich, „Sie scheinen sauber zu sein. Haben Sie das Geld dabei?"

Ich griff in meine Jackentasche und holte zehn Fuffis hervor. Der Geldautomat hatte die Überziehung irgendwie übersehen, aber mein Sparkassenberater würde das nicht; irgendwann kam sicher ein Anruf. Aber nicht heute, und das war das Entscheidende. Der Mann nahm die Scheine, ohne nachzuzählen.

„Sind Sie zu Fuß hier?", fragte ich. „Ich habe kein Auto gesehen."

„Mein Roller parkt hinter der Hütte."

Respekt. Ein Roller im Winter. „Also gut, Herr Rollerfahrer. Wie soll ich Sie anreden?"

„Nennen Sie mich Schmidt."

„Ich nehme an, das ist nicht Ihr richtiger Name."

„Mein tatsächlicher Name tut nichts zur Sache. Ali sagte mir, Sie wollten Informationen kaufen. Also, was brauchen Sie?"

„Johann Müller. Was für Geschäfte betreibt er?"

„Wozu brauchen Sie mich? Das können Sie im Gewerberegister nachlesen oder bei der IHK nachfragen."

„Ich will wissen, was dort nicht eingetragen ist. Zum Beispiel, woher Müller seine Pferdchen bezieht."

„Ah, ich sehe, Sie haben ja doch Ihre Hausaufgaben gemacht."

„Und ich hoffe, dass Sie unseren Kaufvertrag erfüllen."

Schmidt klopfte an die Eingangstür des Nordpunkthauses. „Wissen Sie, dass wir hier vor Müllers Rekrutierungsbüro stehen?"

„Sein ehemaliges Büro, würde ich sagen. Nach der Geschichte am Montag wird er wohl kaum so dumm sein, hierher zurückzukehren."

„Warum nicht? Würde die Polizei hier Wachen aufgestellt haben, wären wir beide schon längst festgenommen worden. Nein, Boxerin, die Bullen haben gar nicht genug Personal dafür. Müller hat freie Bahn."

„Also gut. Hier suchen sie sich also Nachwuchskräfte für ihre Etablissements aus."

„Oh, nicht nur. Viele arbeiten auch freiwillig für Müller. Wenn sie sich gut verkaufen, können sie auch als Nutten gutes Geld verdienen."

„Lassen Sie uns über die nicht gut Verdienenden reden."

„Es gibt mehrere Beschaffungswege. Der bekannteste dürfte die Verschleppung von illegalen Einwanderern sein."

„Osteuropa."

„Unter anderem, aber hauptsächlich, ja. Die armen Mädels wollen hier nur in Frieden arbeiten und werden von ihren Schleusern verraten und verkauft. Sie kennen das aus der Zeitung."

„Und die anderen Wege?"

„Das ist die echt widerliche Sache an dem Geschäft. Der Nachwuchs aus Osteuropa ist stetig und reißt nicht ab. Aber es dauert nun mal seine Zeit, wenn die Mädels in Rumänien oder Bulgarien starten, bis sie hier ankommen. Manchmal muss es einfach schnell gehen. Für bestimmte Geschäfte, wissen Sie?"

„Zum Beispiel?"

„Lassen Sie Ihre Fantasie spielen. Müller hat auch Kunden außerhalb des stationären Bordellgeschäfts. Manche dieser Kunden haben außergewöhnliche Wünsche. Und manchmal müssen diese Wünsche schnell und unbürokratisch erfüllt werden."

„Okay, Schmidt, reden wir nicht um den heißen Brei. Es geht um Mädchenhandel, richtig?"

„Mit allem Zipp und Zapp."

„Einschließlich Entführung und Mord?"

Schmidt sagte nichts.

„Ich werte das als ein Ja", sagte ich. „Wie viel weiß eigentlich die Polizei davon?"

„Warum fragen Sie sie nicht? Ich hörte, Sie gehörten früher auch zu dem Verein."

„Und ich hörte, Sie arbeiten für Müller. Warum hauen Sie ihn dann in die Pfanne?"

„Ist was Persönliches."

„Warum kündigen Sie dann nicht?"

„Hören Sie, Boxerin. Wer für Müller arbeitet, arbeitet für ihn bis zum Schluss. Das Gehalt beinhaltet eine einseitige Unkündbarkeitsklausel."

„Das heißt, man kann sich nur durch den eigenen Tod von ihm lösen. Oder indem man ihm das Geschäftsmodell entzieht."

Wieder sagte Schmidt nichts. Und auch ich schwieg eine Weile. „Kannten Sie die beiden Männer, die diese Woche gekündigt haben?", fragte ich schließlich.

„Wortmann und Buschmann? Nicht persönlich, so hoch oben stehe ich nicht in der Firmenhierarchie."

„Hat Müller sie ermorden lassen?"

„Woher soll ich das wissen? Bei Wortmann würde ich drauf wetten. Aber Buschmann? Ich hörte von einem Autounfall."

„Welche Rolle spielten sie in Müllers Firma?"

„Keine Ahnung, Boxerin. Sie waren noch nicht lange dabei, erst ein paar Monate. Aber da sie zu seinem näheren Dunstkreis gehörten, müssen sie schon eine wichtige Rolle gespielt haben."

„War diese Rolle am Schluss vielleicht nicht mehr wichtig genug?"

„Sie stellen Fragen, Lady. Ich will Ihnen mal was sagen. Müller allein entscheidet darüber, wer wichtig ist für seine Unternehmen und wer nicht. Solange man wichtig ist, hat man den Himmel auf Erden. Vergleichbare Gehälter gibt es nur als Firmenmanager. Aber wen Müller auf dem Kieker hat, dem werden schnell Flügel und Harfe bestellt. Ich kannte einige Männer, die für Müller arbeiteten und ein vorzeitiges Ende fanden."

„Von den armen Mädchen, die er nicht mehr braucht, einmal abgesehen. Hören Sie, Schmidt, ich weiß jetzt, was los ist. Aber wenn wir Müller ausschalten wollen, brauchen wir Beweise. Ohne diese ist die Polizei machtlos. Haben Sie Beweise?"

„Was wollen Sie? Ein Geständnis vom Big Boss persönlich? Unterschätzen Sie Müller nicht. Er hinterlässt nichts Schriftliches."

„Wie wäre es mit einer Aussage des Zeugen Schmidt?"

„Sie meinen, mit einer *versuchten* Aussage des Zeugen Schmidt. Nein, Boxerin, so einfach ist das nicht."

„Also ehrlich, Schmidt, was Sie mir erzählt haben, ist nichts Neues. Meine Recherchen führten mich zu demselben Ergebnis. Was ich brauche, sind Beweise. Können Sie mir die liefern oder nicht?"

„Nicht für fünfhundert Euro. Geben Sie mir fünftausend, und ich besorge Ihnen etwas."

„Vergessen Sie's. Sie scheinen nicht zu wissen, wie niedrig das Gehalt einer Reporterin ist."

„Setzen Sie's auf die Spesenrechnung Ihrer Zeitung."

„Hat mich gefreut, Sie kennenzulernen, Schmidt." Ich hatte die Schnauze voll und drehte mich um und ging.

„War mir ein Vergnügen, Boxerin. Wenn Sie mehr erfahren wollen, wissen Sie, an wen Sie sich wenden können."

Ich erreichte mein Auto und stieg ein. Ich startete den Motor, drehte die Heizung auf und fuhr los. An der Kreuzung, wo die Haltestelle der Draisinenbahn war, kam mir ein Fahrzeug entgegen. Ich verlangsamte mein Tempo und fuhr äußerst rechts, um den Wagen vorbei zu lassen. Danach setzte ich die Fahrt in normalem Tempo fort.

Das Büro war wie immer eiskalt. Ich machte das Licht an, aktivierte die Heizung und setzte mich an den Schreibtisch. Es war ein Uhr. Ich nahm ein Blatt Papier und machte mir Notizen über das, was ich wusste und nicht wusste.

Johann Müller, Bordellbetreiber und Mädchen-händler. Er war der Mittelpunkt. Wie standen die anderen zu ihm?

Ich betrachtete zuerst die Toten. Walter Wortmann und Rainer Buschmann. Dass sie zu Müller gehörten, war eindeutig und bedurfte keiner weiteren Nachforschung. Und was Schmidt mir erzählt hatte, klang plausibel: Sie mussten zu Müllers engerem Kreis gehören, denn immerhin waren sie mit ihm am Nordpunkt gewesen. Nur, was war ihr Motiv? Zumindest bei einem Kreditabteilungsleiter musste man sich fragen, warum er sich auf krumme Geschäfte einließ.

Dann die Lebenden. Eva-Maria Müller-Wortmann, Witwe von Walter Wortmann. Stand sie in Beziehung zu Müller? Trotz ihres Namens wahrscheinlich nicht. Senta Buschmann, Schwester von Rainer Buschmann. Beziehung zu Müller? Eher nicht. Die einzige Verbindung der beiden zu Freund Johann bestand darin, dass sie einen Angehörigen verloren hatten, der jeweils zu Müllers Dunstkreis gehört hatte. Eliminiert höchstwahrscheinlich auf Müllers Verantwortung.

Zuletzt Schmidt, dessen richtigen Namen und Position innerhalb des Konglomerats ich nicht kannte. Was war sein Motiv für den Geheimnisverrat? Welche Geheimnisse hatte er wirklich verraten? Im Grunde nichts, was ich nicht selbst herausfinden konnte. Waren 5.000 Euro für weitere Informationen gut investiertes Geld? Wie glaubwürdig war Schmidt? War er am Ende nur ein Köder, ferngelenkt von Müller, um mich auf eine falsche Spur zu setzen?

Ich legte den Stift beiseite und dachte nach. Was konnte Schmidt mir wirklich verraten? Wie kam ich an Beweise, ohne fünf Riesen zu investieren?

Um zehn nach eins hörte ich eine klappernde Autotür. Zwei Sekunden später eine zweite. Ich sprang auf und löschte das Licht. In der Schublade lag ein Messer, ein altes Kampfmesser der Bundeswehr - Beute eines mehrere Jahre zurückliegenden Trödelmarktes. Ich griff danach und schlich zur Tür.

Im fahlen Mondlicht näherten sich zwei Gestalten. Gesichter waren nicht zu erkennen, aber das bisschen Licht reichte aus, um die Muskelpakete unter den Mänteln zu erahnen.

Im nächsten Moment sprang die Tür auf und schlug gegen die Wand, sodass das Glas des Türfensters mit lautem Klirren splitterte. Ich setzte nach draußen, bevor die Muskelmänner sich orientieren konnten. Ich gewann fünf Meter, dann hatten sie die Situation überschaut und folgten mir. Die Zeit reichte nicht, um mich ins Auto zu retten. So lief ich die Mindener Straße entlang, direkt auf der Straße. Erstens kam ich so schneller voran als auf dem Bankett. Und zweitens hoffte ich, dass mir ein Auto entgegen kam. Doch meine Hoffnung erfüllte sich nicht. Na ja, ich hatte auch nicht wirklich damit gerechnet. Die Straßenlampen waren schon aus, aber das Mondlicht reichte mir zur Orientierung. Ich rannte Richtung Minden und kam bis zum Wasserwerk, dann hatten die Kerle mich eingeholt. Ich wurde zu Boden geworfen. Ohne nachzudenken hob ich die Hand mit dem Messer und stach zu.

Der Mann, der mich umgeworfen hatte, schrie auf. Aber der Schrei klang nicht nach einer ernsthaften Verletzung. Ich vernahm seine nächsten Worte. „Pass auf, sie hat ein Messer."

Ich versuchte mich aufzurichten, doch da war der zweite Kerl schon heran. Mein Messer stieß ein weiteres Mal zu, dieses Mal jedoch ins Leere. Mit der anderen Hand versuchte ich einen Punch. Ich traf etwas Weiches, doch in der nächsten Sekunde traf etwas mich, genauer gesagt: meine Schläfe, und es war ziemlich hart. So hart, dass ich zusammensackte und für einen Augenblick das Bewusstsein verlor. Als ich wieder zu mir kam, lag ich nicht mehr auf der Straße. Und noch etwas war eingetreten: Das Messer war verschwunden. Aber wir waren immer noch zu dritt: die beiden Brutalos und Klein-Vinnie. Wir standen in einem Garten, durch dichte Büsche gegen Blicke von der Straße und den angrenzenden Häusern geschützt; Vorteil Brutalos. Einer der beiden hielt mich aufrecht, meine Arme auf dem Rücken im Schraubstock. Es schmerzte höllisch, aber ich gab mir nicht die Blöße zu jaulen. Der andere stand vor mir. Das Licht des Mondes reichte aus, mir zu zeigen, dass er ausholte. Ich hatte keine Chance. Eine eiserne Faust traf mich mitten ins Gesicht und brach mir das Nasenbein. Der zweite Schlag traf den rechten Wangenknochen, der dritte den linken. Es knirschte so stark, dass ich keine Zweifel hatte, dass auch diese Knochen gebrochen waren. Der Schmerz ließ mich beinahe ohnmächtig werden. Aber leider nur beinahe.

„Schönen Gruß von unserem Boss", sagte der Schläger. „Misch dich nicht in seine Angelegenheiten."

Dass ihm diese Bitte eine Herzensangelegenheit war, bewiesen die nächsten Augenblicke. Seine Fäuste trafen meine Brüste, den Magen, den Solarplexus. Als er fertig war und der andere mich losließ, sackte ich zusammen und erbrach mich. Aber ich irrte, wenn ich meinte, es sei vorbei. Jetzt, wo ich am Boden lag, zusammengekrümmt und nach Luft japsend wie ein Fisch auf dem Trockenen, gingen die Kerle zur nächsten Behandlung über. Sie traten mich. Zwischen die Beine, gegen die Nieren und gegen die Brust. Wieder und immer wieder. Aber immer nur so viel, dass ich nicht bewusstlos wurde. Sie waren Profis, wussten genau, wie weit sie gehen durften.

Wieder hörte ich es in meinem Körper knacken. Ich kotzte ein zweites Mal. Als mein Kopf danach hochkam, spürte ich das Messer an meiner Kehle. „Diesmal ist es nur Spaß", zischte der Kerl mit dem Messer. „Beim nächsten Mal ist der Kopf ab."

Das Messer ritzte meine Kehle, deutlich spürte ich den Schnitt. Aber es war nur eine Warnung. Es floss Blut, aber der Hals war noch ganz.

Danach war Ruhe. Mein Kopf sackte auf die kalte Erde. Ich schloss die Augen und wartete auf den Moment, da ich genug Kraft hatte, um aufzustehen. Der Moment schien nie zu kommen. Also nahm ich das bisschen Kraft, über das ich noch verfügte, zusammen und richtete mich auf. Den Schwindel hatte ich relativ schnell überwunden. Aber der Schreck traf mich, als ich auf meine Uhr blickte. Fünf Minuten. Ich hätte schwören können, dass die Brutalos mich fünf Stunden in ihrer Gewalt hatten.

Ich schleppte mich zurück ins Büro, jeder Schritt eine Orgie aus Schmerz und Wahnsinn, in meinem aufgeweichten Gehirn den Gedanken, dass meine Ausbildung als Boxerin wohl Zeitverschwendung gewesen war. Ich war nicht überrascht, als ich die Trümmer sah. Der Schläger und sein Kumpel hatten nichts ausgelassen. Die gesamte Einrichtung war zerstört. Die Fenster waren eingeschlagen, der Rechner auf den Boden geworfen. Es fehlte nichts, wie ich schnell feststellte, aber das Büro konnte vorläufig nicht mehr genutzt werden.

Leider war das nicht alles. Der Focus bot denselben verheerenden Anblick. Wenigstens hatte ich noch mein Handy. Mit klammen Fingern holte ich es hervor und bestellte ein Taxi.

Während ich wartete, ging ich zurück ins Büro. Die Toilette war noch in Ordnung. Ich betrachtete mein Spiegelbild. Die Augenhöhlen waren schön bunt und schwollen allmählich zu. Die Lippen waren aufgeplatzt und bluteten. Blut floss auch aus der Nase, die wie die Augenhöhlen eine bläuliche Färbung angenommen hatte. Ich ließ Wasser laufen und wusch mir vorsichtig das Gesicht. Mein Blut färbte das Waschbecken rot, ebenso das Handtuch, mit dem ich mich abtrocknete. Als ich meine Rippen abtastete, spürte ich an einer Stelle keinen Widerstand. Kein Zweifel, der Knochen war durch. Kein Zweifel auch, dass ich umgehend ins Krankenhaus musste, doch das musste noch ein Weilchen warten.

Der Verbandkoffer war noch intakt. Ich machte meinen Oberkörper frei und wickelte mit zusammengebissenen Zähnen einen Verband über die gebrochenen Rippen. Das Ankleiden danach dauerte länger als das Ausziehen. Tränen kamen mir, als ich Watte in die Nasenlöcher stopfte. Einen weiteren Verband wickelte ich um meinen blutenden Hals. Zum Schluss nahm ich das Kühlgel, das ich ständig im Kühlschrank aufbewahrte und das eigentlich gegen Kopfschmerzen gedacht war, und hielt es mir abwechselnd auf das eine, dann auf das andere Auge.

Das Taxi kam eine Viertelstunde nach der Bestellung. Der Fahrer, ein ungepflegter Jüngling mit fettigem Haar und einem missglückten Dreitagebart, sah sich erst das kaputte Auto, dann die kaputte Lavinia an. „Unfall gehabt, was? Zum Klinikum?"

Meine Aussprache war undeutlich, als ich ihm die Adresse der Werkstatt in Petershagen nannte. Aber er verstand mich. „Warum rufen Sie nicht einfach an und lassen Ihren Wagen abschleppen?", fragte er.

Ich antwortete nicht. Ich setzte mich auf den Beifahrersitz und sagte nur: „Fahren Sie."

Während der Fahrt versuchte er, mich in ein Gespräch zu verwickeln, gab aber auf, als er merkte, dass ich mich an dem Gespräch nicht beteiligte. Fünfhundert Meter vor meinem Ziel bat ich ihn anzuhalten. Er nahm den Fahrpreis entgegen und fuhr kopfschüttelnd davon.

Der Weg zur Werkstatt wurde lang. Mit hängenden Schultern, bemüht, mich so wenig wie möglich zu bewegen, humpelte ich über die Straße. Ich wusste, es war Wahnsinn; ich gehörte eindeutig ins Krankenhaus. Aber es gab eine Deadline. Morgen war es für das Auto zu spät, aber ins Krankenhaus konnte ich dann immer noch. Wenigstens sah mich niemand.

DJ und Charlie warteten bereits. Als ich den Hof betrat, liefen sie auf mich zu.

„Kleinchen, bist du das?" DJs Stimme.

„Ja", rief ich, „aber erschreck nicht, wenn du mich siehst."

„Ich hätte dich fast nicht erkannt. Du gehst so komisch."

Eine Taschenlampe flammte auf.

„Großer Gott, was ist passiert?"

Ich konnte DJs Gesicht nicht sehen, aber das war auch nicht notwendig; ich wusste, welchen Ausdruck es in diesem Augenblick zeigte. Charlie stieß einen Schrei aus. Im Licht der Lampe sah ich, wie ihre Hand zum Mund fuhr.

Es war Zeit für eine Erklärung. „Ich hatte einen Zusammenstoß mit zwei Killern. Konnte keinen Punch landen. Sie waren stärker und schneller."

„Konntest du ihre Gesichter sehen?", fragte Charlie.

Ich nickte. „Natürlich würde ich sie wiedererkennen. Aber wir sollten es dabei belassen. Es war nur eine Warnung."

„Sollen wir dich nicht lieber ins Krankenhaus bringen?"

„Nein. Jedenfalls jetzt noch nicht. Wir haben hier noch einen Job zu erledigen. Habt ihr Buschmanns Auto schon gefunden?"

„Meinst du das Wrack dort drüben?" Charlies Finger deutete auf den Hinterhof.

„Ich möchte, dass du dir das Auto ansiehst, Charlie", sagte ich. „Ich habe den Verdacht, dass jemand daran herumgefummelt hat."

„Du meinst, es war kein Unfall?", fragte Charlie.

„Genau. Ich habe Grund zu der Annahme, dass Buschmann ermordet wurde. Ich glaube, dass die Bremse defekt ist. Kannst du das herausfinden?"

„Klar. Nichts leichter als das."

„DJ, dich brauche ich als Türsteher."

DJ grinste. Im diffusen Licht der Taschenlampe sah es beinahe unheimlich aus. „Das ist ein Job nach meinem Geschmack. Auf wen soll ich aufpassen?"

„Der Besitzer der Werkstatt ist ein grantiger Giftzwerg. Ich möchte nur sicherstellen, dass er uns nicht bei der Arbeit stört."

Während DJ auf dem Hof blieb und Patrouille lief, machten Charlie und ich uns auf den Weg zum Auto. Der Audi stand zwischen zwei anderen Fahrzeugen, die nicht annähernd so lädiert aussahen. Die Fahrertür stand offen, so wie ich sie am Mittag zurückgelassen hatte. Charlie kroch in den Wagen hinein, ein Bein angewinkelt auf dem Fahrersitz, das andere in die Luft gestreckt.

„Scheiße, ist das dunkel hier. Kannst du mir mal leuchten?"

Ich beugte mich über Charlie und richtete den Strahl ihrer Taschenlampe auf das Bremspedal. Jetzt, wo sie etwas sehen konnte, drückte sie das Pedal mit der Hand hinunter.

„Du hast Recht, Lavinia. Kein Widerstand. Fühlt sich an, als hätte jemand die Kabel durchgeschnitten."

Sie richtete sich wieder auf, stieg aus und ging um die Tür herum zur Vorderseite des Fahrzeugs. Die Kühlerhaube war verbeult und stand einen Spaltbreit offen. Es quietschte laut, als Charlie sie ganz öffnete. Besorgt wandte ich mich um, doch niemand schien das Quietschen gehört zu haben. Ich trat zu Charlie und richtete den Strahl der Lampe auf den Motorraum.

Charlie berührte einige Fahrzeugteile, ging hinüber zur einen, dann zur anderen Seite und schüttelte schließlich den Kopf. „Tja, von hier ist nichts zu sehen. Der ganze Motorraum ist zusammengestaucht. Scheint ein heftiger Crash gewesen zu sein."

Dann warf sie sich auf den Boden und kroch unter den Wagen. Außer ihren Füßen war nichts mehr von ihr zu sehen. Nach einigen Sekunden erschien eine Hand, und ich hörte Charlies Stimme. „Die Lampe, bitte."

Ich legte ihr die Lampe in die Hand. Eine Weile war nichts mehr zu hören, außer einigen Klopfgeräuschen, wie Metall, das auf Metall schlug. „Was machst du?", fragte ich. „Du wirst noch die Nachbarschaft aufwecken."

„Ich probiere nur das Werkzeug aus, das ich mitgebracht habe. Hier hängt so viel rum, das muss ich erst mal an die Seite drücken."

Eine weitere Minute lang waren nur Klopf- und Schabgeräusche zu hören. Dann wurde es still. Ich sah Charlies Beine länger werden, dann wurde ihr

Oberkörper sichtbar, und schließlich war sie komplett da. Sie stand auf, ein Grinsen im Gesicht, Wangen und Hände ölverschmiert. „Bingo. Für einen Amateur bist du ganz schön clever, Lavinia."

„Die Bremsschläuche?"

Charlie nickte. „Da hat einer rumgefummelt. Sieht richtig zerfetzt aus, als wäre etwas explodiert."

„Eine Bombe?"

„Nun ja, eine Bombe hätte wahrscheinlich einen größeren Schaden verursacht. Ich würde eher sagen, ein kleiner Sprengsatz."

„Dann muss jemand Buschmann verfolgt und das Ding ferngezündet haben. Und damit haben wir den eindeutigen Beweis für Mord."

„Was machen wir jetzt?"

„Zunächst mal ein paar Fotos. Und dann muss die Polizei verständigt werden."

„Heute Nacht noch?"

Ich zuckte die Achseln. „Der Wagen soll morgen, nein, heute zur Verschrottung gebracht werden. Ich schätze, ich werde jemandem die Nacht versauen."

Ich machte ein Dutzend Fotos von dem Wagen, wobei ich darauf achtete, ihn aus verschiedenen Blickwinkeln aufzunehmen und insbesondere das Kennzeichen deutlich abzubilden. Danach gab ich die Kamera an Charlie weiter. „Mach ein paar Bilder von der Bremsleitung."

Charlie kletterte erneut unter den Wagen. Ich sah ein paar Blitze, bevor sie wieder hochkam und mir die Kamera übergab. Ich sah mir die Aufnahme im Display an und war zufrieden.

In diesem Moment kam DJ um die Ecke. „Lass uns verschwinden, Lavinia. Da kommt ein Wagen."

9

„Hierher?", fragte ich.

DJ nickte. „Es sieht so aus."

„Okay, wo steht euer Wagen?"

Wir löschten das Licht, und DJ beschrieb mir den Standort.

„Gut, ihr beiden lauft zurück zum Auto. Ich bleibe noch ein bisschen hier. Mich interessiert, was hier des Nachts so abgeht."

„Lavinia. Dein Zustand." Charlies Stimme hatte wieder ihren besorgten Klang angenommen. „Du bist verletzt und gehörst zum Notarzt."

„Keine Zeit. Darum kümmern wir uns später. Los jetzt."

DJ und Charlie verschwanden in der Dunkelheit. Ich versteckte mich zwischen den Fahrzeugen, die auf dem Hof der Werkstatt standen und auf ihre Reparatur warteten. Jede Bewegung schmerzte, dass ich am liebsten alles aus mir herausgeschrien hätte. Aber dies hier war wichtiger. Ich biss mir auf die Lippen und versuchte, nicht an die Schmerzen zu denken.

Der Wagen, den DJ gemeldet hatte, kam näher. Deutlich war das Brummen des Motors zu hören. Als er auf den Hof bog, sah ich, dass es sich um einen Transporter handelte, einen Abschleppwagen. Ich griff in meine Tasche, um mich zu vergewissern, dass die Kamera noch da war.

Der Abschleppwagen hielt vor dem Audi. Zwei bullige Männer stiegen aus und machten sich an dem Unfallwagen zu schaffen. Wenige Augenblicke später hievten sie das Wrack auf den Transporter. Es entstand ein mörderischer Lärm, als der Motor des Abschleppers aufheulte und die Hydraulik den Audi auf den Transporter zog. Die Lärmentwicklung zeitigte jedoch keine Folgen. Es schien, als hätte außer meiner wagemutigen Truppe niemand etwas mitbekommen.

Ich versuchte, die vierschrötigen Männer deutlicher zu erkennen. Es war nicht möglich, das diffuse Licht des Mondes reichte nicht aus, ihre Gesichter deutlicher zu sehen. So blieb es bei der Kenntnisnahme ihrer gedrungenen bulligen Gestalten, die in dunklen Overalls steckten. Sie sprachen kein Wort. Als das Aufladen abgeschlossen war, setzten sie sich wieder in den Transporter, und genauso schnell, wie sie gekommen waren, verschwanden sie auch wieder.

Ich rannte los. DJ und Charlie warteten bereits in DJs Wagen. Ich riss die Tür auf und hechtete hinein. Das war ein Fehler. Meine gebrochenen Rippen trafen die Sitzkante und bedankten sich dafür mit einer an Ohnmacht grenzenden Schmerzwelle. Dieses Mal konnte ich den Schrei nicht unterdrücken. Aber ich blieb bei Bewusstsein. Tränen rannen mir über das Gesicht, als ich DJ zurief: „Los, hinterher."

DJ am Steuer nickte nur. Er startete den Motor und lenkte den Wagen auf die Straße.

„Mach das Licht aus", sagte ich.

„Bist du verrückt? Wie soll ich denn etwas sehen ohne Licht?"

„Die Typen dürfen uns nicht sehen."

„Und wenn schon. Mit denen werden wir locker fertig."

„Genau", sagte Charlie. „Hier sind immerhin drei Boxer am Start."

„Ich will nicht kämpfen", sagte ich, und meine Aussage hatte nichts mit meinen Verletzungen zu tun. „Ich will wissen, wohin sie den Audi bringen."

„Na gut." DJ drehte das Licht ab. „Aber wenn wir im Graben landen, wissen wir auch nicht, wo sie hinfahren."

Der Abschleppwagen fuhr aus Petershagen hinaus, bog auf die L 770 und fuhr Richtung Espelkamp. Die Straße verlief weitgehend geradeaus, sodass DJ trotz der ausgeschalteten Scheinwerfer gut hinterherkam.

Charlie und ich kauerten auf der Rückbank und behielten den Abschleppwagen im Auge, sodass DJ sich auf die Straße konzentrieren konnte. Für mich wurde die Fahrt mörderisch. Ich spürte jede Unebenheit der Straße. Jedes Mal, wenn wir über einen winzigen Huckel fuhren, berührten meine gebrochenen Knochen irgendwelche Nervenbahnen, die sich in den letzten Stunden auf geheimnisvolle Weise millionenfach vervielfältigt hatten. Nicht immer gelang es mir, ein Stöhnen zu unterdrücken. Ich kam auf den Gedanken, dass eine Autofahrt mit gebrochenen Knochen eine hervorragende Foltermethode wäre.

Mein Stöhnen erweckte schließlich Charlies Mitleid. Sie schaltete die Taschenlampe an, den Lichtstrahl sorgfältig mit der Hand nach vorn abdeckend, und leuchtete mich an.

„Großer Gott, Lavinia. Du musst dringend ins Krankenhaus. Du siehst furchtbar aus. Deine Augen sind fast zugeschwollen. Dein ganzes Gesicht ist aufgedunsen, als würdest du Cortison nehmen. Du musst furchtbare Schmerzen haben."

Worauf du einen lassen kannst, dachte ich, doch ich antwortete nur: „Ich glaube, ein paar Rippen sind gebrochen."

„Du gehörst auf der Stelle ins Krankenhaus."

„Erst muss ich wissen, was mit dem Audi geschieht."

Die nächsten Minuten verliefen schweigend. Ruhig zogen die beiden einsamen Fahrzeuge ihre Bahn, nicht ein einziges Auto begegnete uns. War das ein gutes oder ein schlechtes Omen? Als wir Espelkamp erreichten, wurde die Situation kritisch. Ordinäre Straßenlampen durchkreuzten meine Taktik, indem sie das taten, was Straßenlampen so machen: Sie leuchteten. Das zwang uns, den Wagen am Straßenrand zu parken, bis der Abstand zum Abschleppwagen groß genug war, dass eine Verfolgung ohne Entdeckung möglich war.

„Ich glaube, jetzt können wir riskieren, das Licht anzumachen", sagte ich.

DJ atmete auf. Im nächsten Moment flammten die Scheinwerfer seines BMW auf. Der Abschleppwagen hatte in der Zwischenzeit seinen Vorsprung vergrößert, war jedoch wegen der leeren Straßen und der guten Beleuchtung noch gut zu erkennen. An der Abfahrt zur B 239 verließ der Transporter die L 770. Wenige Augenblicke später erreichten wir die Stelle. Der Transporter befand sich nun auf der Bundesstraße Richtung Süden.

Nach kurzer Zeit erreichten wir Lübbecke. An der Kreuzung zum Industriegebiet fädelte sich der Abschleppwagen in die Linksabbiegespur ein. Die Ampel war rot, sodass er halten musste. DJ drosselte das Tempo. Langsam rollte er an den Transporter heran. Bevor wir ihn erreichten, sprang die Ampel auf Grün. Der Abschleppwagen bog ab.

„Fahr geradeaus", sagte ich.

„Aber wir müssen nach links." DJ protestierte mit wedelnden Armen.

„Wenn wir abbiegen, weiß er, dass wir ihn verfolgen. Ich bin mir sicher, sein Ziel zu kennen. Fahr einfach weiter. Wir nähern uns ihm von der anderen Seite."

DJ sagte nichts weiter, aber ich spürte, dass er unzufrieden war. Schweigend fuhren wir bis zur nächsten Kreuzung. „Jetzt darfst du links ab", sagte ich. DJ schwenkte das Lenkrad. Wir fuhren dann geradeaus weiter und gelangten auf den Heuweg, die Parallelstraße zur B 239.

„Nach links."

DJ steuerte den Wagen weisungsgemäß nach links. Nach wenigen Metern kamen wir an ein Hinweisschild zu einem McDonalds-Restaurant. Ich gab die nächste Anweisung. „Fahr da rein."

Wortlos gehorchte DJ. Die Straße war eine Sackgasse. DJ sah mich an. „Und nun?"

„Park bei McDonalds. Von dort gehen wir zu Fuß."

Ich hatte nicht damit gerechnet, dass der Imbiss noch geöffnet war, doch ein Dutzend Autos auf dem Parkplatz kündete davon, dass einige Unverbesserliche immer noch – oder schon wieder – Hunger hatten.

Wir stiegen aus. Die Laternen des Restaurants wiesen uns den Weg. Wir schlichen zwischen den Gebäuden des Industriegeländes entlang, bis wir auf die Industriestraße stießen, die Straße, in die der Abschleppwagen gebogen war. Ich führte DJ und Charlie hinüber und dann weiter nach links, Richtung Bundesstraße. Auf der rechten Seite lag ein Gewerbeanwesen, das durch einen hohen Zaun gegen unbefugten Zutritt gesichert war. Ein beleuchtetes Schild an einem der Gebäude hinter dem Zaun nannte den Namen der Firma: Yilmaz Autoverwertung.

„Eine Autoverwertung." DJs Stimme klang überrascht.

Das Gelände war übersät mit Autowracks, die dicht an dicht beieinanderstanden und auf ihr Ende warteten. Eine große Halle sowie zwei weitere kleinere Gebäude bildeten den Rahmen für den Autofriedhof. Das Gelände selbst war unbeleuchtet, die nahen Straßenlaternen ließen jedoch alles gut erkennen.

„Was ist das da im Hintergrund?", fragte Charlie und streckte die Hand aus.

Abseits der Gebäude und Autowracks, an einer Stelle, die die Straßenlampen nicht mehr erreichten und die deshalb nur undeutlich zu erkennen war, stand ein riesiges Gebilde aus Metall. Genau davor parkte der Abschleppwagen mit laufendem Motor. Buschmanns Audi befand sich noch auf der Transportfläche. Die beiden Fahrer waren nirgends zu sehen.

Das Metallding verhieß nichts Gutes. Ich ahnte, um was es sich handelte. „Ich fürchte, das ist eine

Presse", sagte ich. „Und wie es aussieht, soll Buschmanns Wagen wohl noch heute Nacht dran glauben. Ich wusste, die Sache ist nicht koscher. Der Werkstattfuzzy sagte, dass der Wagen heute der Verschrottung zugeführt werden sollte."

DJ räusperte sich. „Nun ja, ist ja auch schon heute jetzt."

Ich ließ mir meine Enttäuschung nicht anmerken, was auch kein Kunststück war, da meine Schmerzen andere Gestik und Mimik in keiner Weise zuließen.

„Wir haben doch die Fotos", sagte Charlie.

„Ja. Aber die sollten eigentlich der Polizei als Appetithappen dienen. Mein Plan war, ihnen die Fotos zu zeigen, damit sie die Manipulation erkennen. Dann hätten sie den Wagen beschlagnahmen und gerichtsverwertbar untersuchen können."

„Reichen denn die Fotos als Beweis nicht aus?"

„Nun müssen sie es. Wie auch immer. Die Fotos, und auch das Auto, beweisen ohnehin nur, dass ein Delikt vorliegt. Den Täter haben wir damit noch nicht überführt."

„Das bedeutet?" Die Frage kam von DJ.

„Nun, wir müssen erfahren, wer die Auftraggeber der beiden aus dem Abschleppwagen sind."

In diesem Moment ertönte der Lärm einer gewaltigen Maschine. Es kreischte und jaulte, dass uns die Ohren abfielen. Die Presse hatte ihre Arbeit aufgenommen. Die beiden Fahrer standen jetzt neben dem Transporter. Beide hielten etwas in der Hand, einen Gegenstand, mit dem sie herumhantierten. Ich gab Charlie die Kamera. „Mach ein paar Fotos."

In derselben Sekunde, als Charlie die Kamera hob, setzte sich ein Kran, der neben der Anlage stand, in Bewegung und hob den Audi von der Ladefläche des Transporters und schwenkte hinüber zur Presse. Einen Augenblick lang schwebte das Wrack schaukelnd über der Presse, als wehre es sich gegen seinen endgültigen Untergang. Doch dann entließen die Greifarme des Krans das Fahrzeug aus ihrem eisernen Griff. Unter schepperndem Donner landete der Wagen schließlich im Inneren der Presse, die sofort mit ihrer Arbeit begann. Wenige Minuten später hob der Kran einen Metallwürfel aus der Presse. Ich wusste, was es war, obwohl der Würfel mit einem Auto nicht mehr die geringste Ähnlichkeit hatte. Die sterblichen Überreste des Audis landeten auf der Ladefläche des Transporters.

„Tja, das war's dann wohl", sagte Charlie. „Warum rufen wir eigentlich nicht die Polizei?"

„Weil wir dafür keine Zeit mehr haben." Ich richtete mich unter neuerlichen Schmerzen auf. „Los, zurück zum Wagen."

Wir rannten los. Als wir fünf Minuten später mit DJs BMW die Autoverwertung erreichten, war der Abschleppwagen fort.

„Scheiße", rief DJ. „Wo ist er hin?"

Ich überlegte. „Fahr auf die Bundesstraße, Richtung Espelkamp."

„Meinst du, sie fahren zurück?"

Ich sagte nichts. Ich hatte eine Theorie, behielt sie aber vorerst für mich.

„Mich wundert sowieso, dass sie nach Lübbecke gefahren sind. Gibt es in Minden keine Schrottpressen?"

DJs Frage war rhetorisch, sodass sich eine Antwort erübrigte. Als wir die Kanalbrücke erreichten, gab ich DJ die nächste Anweisung. „Fahr rechts ran und lösch das Licht."

Als der Wagen hielt, sprang ich hinaus und lief zur Brüstung. Auf der östlichen Seite war alles ruhig. Das Wasser schimmerte träge im schwachen Mondlicht. Der Jachthafen lag ruhig und menschenleer am Ufer.

Ich lief zur anderen Straßenseite. Der Industriehafen bot den gleichen Anblick. Leblose Gebäude, die von kaltem Laternenlicht angestrahlt wurden. Mit einem Unterschied. Hinter dem Lagerhaus erschien ein Fahrzeug, das sich rasch dem Ufer näherte.

DJ und Charlie waren mir inzwischen gefolgt und starrten ebenfalls in den Hafen hinunter. „Da ist er ja", sagte DJ.

„Charlie, mach Fotos", sagte ich. „Ich schätze, wir werden gleich Zeugen einer Seebestattung."

In der Tat dauerte es nicht lange, bis der Transporter sein Ziel gefunden hatte. Direkt am Ufer blieb er stehen. Wir sahen die Männer aussteigen und neben dem Transporter herumhantieren. Was sie hantierten, wurde klar, als sich die Ladefläche anhob. Sie wurde von Sekunde zu Sekunde steiler. Schließlich geriet der Metallwürfel in Bewegung und rutschte von der Fläche. Mit einem platschenden Geräusch berührte er das Wasser, wo er, schneller als das Auge sehen konnte, unter lautem Blubbern versank. Nicht einmal eine Minute danach setzte sich der Abschleppwagen wieder in Bewegung und ließ den Hafen zurück, als wäre nichts geschehen.

„Okay, zurück zu Yilmaz", rief ich und lief zum Wagen. Die anderen folgten mir, ohne Fragen zu stellen. Als wir die Autoverwertung erreichten, fragte ich: „Habt ihr hier irgendwo ein anderes Auto gesehen?"

DJ und Charlie schüttelten die Köpfe. Niedlich, aber wertlos für mich. „Na gut, dann Licht aus und warten."

DJ lenkte den Wagen in den Heuweg, den er ja jetzt kannte, drehte und blieb vor dem Kreisel mit ausgeschalteten Scheinwerfern stehen. Wir mussten nicht lange warten, bis der Transporter erschien. Er blieb vor dem Zaun, der das Grundstück begrenzte, stehen. Einer der Fahrer stieg aus, öffnete das Tor, und der Wagen fuhr hindurch. Wenig später kam ein Pkw aus der Dunkelheit hervor, hielt auf der Straße und wartete, bis der zweite

Mann das Tor geschlossen hatte. Dann fuhr der Wagen los.

„Los, hinterher", sagte ich.

DJ startete den Motor. „Licht an oder aus?"

„An. Jetzt kommt es nicht mehr drauf an."

Der Pkw – ein dunkler Audi, soviel konnte ich erkennen – bog auf die Bundesstraße und fuhr Richtung Lübbecke. An der Kreuzung mit der B 65 blieb er vor der Ampel, die auf Rot stand, stehen. Ich beugte mich vor, sodass ich das Kennzeichen entziffern konnte, das ich sogleich in mein Notizbuch eintrug.

„Glaubst du, du kannst den Fahrzeughalter ausmachen?", fragte Charlie vom Rücksitz.

„Ja. Aber ich wette, der Audi ist gestohlen."

Die Ampel schaltete auf Grün. Langsam setzte der Audi sich wieder in Bewegung. Wir auch. Wenn die beiden Männer bemerkt hatten, dass sie verfolgt wurden, ließen sie es sich zumindest nicht anmerken.

Wir kamen bis Rothenuffeln. Als wir die Tankstelle passierten, bog ein dunkles Fahrzeug, das dort gewartet haben musste, auf die Straße, direkt hinter unseren BMW.

Charlie drehte sich um und blickte durch das Rückfenster. Ich auch. Die Schmerzen erinnerten mich daran, dass sie noch da waren, aber ich hielt tapfer durch. Der dunkle Wagen schaltete auf einmal das Fernlicht an. Ich schloss geblendet die

Augen. Als ich sie wieder öffnete, saß das andere Fahrzeug beinahe auf DJs Stoßstange.

„Freunde", sagte Charlie, „jetzt wird's ungemütlich."

Im selben Moment fuhr ein harter Ruck durch den BMW.

„Scheiße", rief DJ. „Was ist denn jetzt los?"

Der Verfolger fiel ein Stück zurück, um gleich wieder aufzuholen und seine Attacke zu wiederholen.

„Es scheint, als hätten unsere beiden Autoverwerter Verstärkung bekommen", sagte ich und warf einen Blick durch das Heckfenster. Als ich mich wieder nach vorne wandte, stellte ich fest, dass der Audi vor uns sein Tempo verlangsamte. Ich atmete tief ein und aus, denn ich wusste, was das Manöver bedeutete. „Sie wollen uns einkeilen. DJ, versuch zu überholen."

DJ grinste. „Einkeilen? Nicht mit mir, Freunde." Aber anstatt zu beschleunigen, trat er auf die Bremse. Es krachte, als der Verfolger auf das Heck des BMW auffuhr.

„Alles in Ordnung da hinten?", fragte DJ.

„Ich lebe noch", sagte Charlie. „Aber warn mich das nächste Mal vor."

Ich lebte auch noch, aber nicht mehr so richtig. Der Aufprall hatte meinen Körper ordentlich durchgeschüttelt und für eine neue Schmerzwelle gesorgt, die mich an den Rand der Ohnmacht führte. Aber wieder biss ich die Zähne zusammen und sagte nichts. Dennoch war es nur eine Frage der Zeit, wann ich endgültig zusammenbrechen würde.

Dann trat DJ auf das Gaspedal. Das Überholen des Audis, der noch langsamer geworden war, war einfacher als wir gedacht hatten. Im Nu waren wir vorbei. Vor uns war alles frei. Unbehindert beschleunigte DJ auf zweihundert Sachen. Bis die Verfolger reagiert hatten, waren wir schon durch Haddenhausen hindurch.

„Ich sehe Lichter", sagte Charlie, die die Rückseite im Auge behielt. „Sie kommen."

DJ löschte das Licht, betätigte die Handbremse, als wir in Dützen waren, und lenkte den Wagen in die Zechenstraße Richtung Bergkirchener Straße. Gleich hinter der Mühle bog er links ab. Auf dem gepflasterten Hof eines Siedlungshauses blieb er stehen. Der Motor erstarb.

Es dauerte nicht lange, bis wir in der Ferne das Brüllen eines beschleunigenden Automotors hörten. Wenige Sekunden später schon sahen wir auf der Zechenstraße zwei Fahrzeuge vorbeirauschen: den Audi der Abschlepper sowie einen dunklen Mercedes, der dicht hinter dem Audi fuhr. Sie jagten an der Straße vorbei, in der wir uns versteckt hielten.

„Gott sei Dank", sagte Charlie, „sie haben uns nicht gesehen."

„Abwarten." Ich lehnte mich zurück, soweit mein lädierter Körper es zuließ, und behielt die

Straße im Auge. Als nach einer halben Stunde keines der beiden Fahrzeuge wiederkam, sagte ich: „Okay, sie scheinen unsere Spur verloren zu haben. Trotzdem solltest du dir sobald wie möglich ein neues Kennzeichen besorgen, DJ."

Er grinste wieder sein Honigkuchenpferdgrinsen. „Das war ein Spaß. Was machen wir jetzt?"

„Jetzt fahren wir ins Krankenhaus. Ich sterbe gleich."

Es war vier Uhr und stockduster, als wir das Wesling-Klinikum erreichten. Um sechs lag ich, mit einem Verband um den Kopf und einem Stützverband um den Brustkorb, auf Station. Ich kam mir absolut hilflos vor, wie ich da lag: nackt, lediglich mit einem hässlichen Flügelhemd bekleidet. Meine Sachen befanden sich in einer Plastiktüte, die Charlie in den Händen hielt.

„Ich werde sie für dich waschen", sagte sie und lächelte ihr glückseliges Lächeln.

„Das Hemd steht dir gut." Langsam fand ich DJs Grinsen unverschämt. „Besonders gefällt mir deine Rückansicht."

„Wie lautet die Diagnose?", fragte Charlie.

„Drei Rippen gebrochen, Nasenbeinbruch, mehrere Schwellungen und Hämatome im Bereich des Gesichts, der Arme und des Rückens." Hatte ich was vergessen? Selbst wenn, was spielte das für eine Rolle? Erst mal war ich außer Gefecht gesetzt. „Aber zum Glück keine inneren Blutungen.

Sie wollen mich heute und morgen zur Kontrolle hier behalten."

„Ist das gut oder schlecht?", fragte DJ.

Ich zuckte die Achseln. Ein Fehler. Der reißende Schmerz sagte mir, dass momentan die verbale Kommunikation das Mittel der Wahl war. „Das gibt mir wenigstens Zeit zum Nachdenken. Ich muss immer noch herausfinden, wer die beiden Männer aus Müllers Syndikat umbringen ließ."

„Ich dachte, das war klar", sagte DJ. „Du sagtest doch, dass der Bordellkönig hinter der Sache steckt."

„Aber ich habe keine Beweise."

„Die Ermordeten stammen aber doch aus Müllers Dunstkreis."

„Was Müller aber nicht automatisch zum Täter macht. Hypothetisch betrachtet könnte auch einer von Müllers Gegnern der Mörder sein."

„Das glaubst du doch selber nicht", sagte Charlie. „Du hast selbst gesagt, dass Müller lästige Mitwisser verschwinden ließ."

„Ich sagte nur, das wäre ein Motiv", sagte ich. „Aber als Beweis benötigen wir mehr."

„Warum hängst du dich überhaupt noch in die Sache rein?"

Ich legte den Kopf zurück aufs Kissen und begann nachzudenken. „Ja, warum?"

„Deine Fälle sind doch abgeschlossen", sagte DJ. „Beide Personen, die du finden solltest, sind tot."

„Danke, dass du mich daran erinnerst."

„Und deine Auftraggeberinnen bezahlen dich nicht, um den Mörder zu finden."

„Es ist dein Ego, stimmt's?", fragte Charlie. „Dein Ehrgeiz lässt dir keine Wahl. Ein Boxer gibt nicht auf, bis er am Boden liegt."

Ich schloss die Augen und lächelte.

10

Etwas summte. Leise zwar, doch laut genug, um mich aufzuwecken. Ich öffnete also brav die Augen. Nach einem kurzen Moment der Orientierung wurde mir wieder bewusst, dass ich im Krankenhaus war. Noch immer summte es, aber es bekam jetzt einen Sinn für mich. In diesem Moment begannen zwei Wanderungen: Mein Blick wanderte zu dem Rollwagen neben meinem Bett, und mein Handy wanderte langsam von der Mitte der Ablageplatte zu ihrem Rand. Müde und unter Aufbietung aller zu dieser Zeit zur Verfügung stehenden Kräfte streckte ich die Hand aus und griff nach dem Telefon. „Hallo?"

„Frau Borowski?" Eine aufgeregte Frauenstimme wanderte durch meinen Gehörgang direkt in mein Gehirn. „Ich bin's. Eva."

„Frau Müller-Wortmann?"

„Sie müssen mir helfen, Lavinia. Die sagen, ich hätte meinen Mann ermordet."

„Wer ist *die*?" Ich versuchte mich aufzurichten, musste den Versuch aber aufgeben, weil mein Körper mir durch eine Schmerzexplosion zu verstehen gab, dass er liegen wollte.

„Die Polizei. Sie haben mich verhaftet. Können Sie sich das vorstellen?"

„Hören Sie, Frau Müller-Wortmann ... Eva. Ich muss derzeit etwas kürzertreten. Warum nehmen Sie sich nicht einfach einen Anwalt? Es dürfte ein Leichtes sein zu beweisen, dass Sie unschuldig sind."

„Das sagt mein Anwalt auch. Aber er braucht Zeit, sagt er. Sie müssen mir helfen, Lavinia. Sie waren praktisch Augenzeuge von Walters Ermordung. Holen Sie mich hier raus, ich flehe Sie an."

„Wo sind Sie denn?"

„Die haben mich ins Gefängnis gesteckt, diese Schweine." Ich konnte Evas Tränen praktisch hören. „Stellen Sie sich das vor. Ins Gefängnis zu Huren und Mörderinnen. Nackt ausgezogen haben sie mich, mich begrapscht und mir Gefängniskleidung gegeben, billige Fetzen, die jucken und stinken. Aber ich bin unschuldig, das wissen Sie doch, Lavinia. Helfen Sie mir."

„Also gut, ich kümmere mich darum. Behalten Sie die Nerven. Ich werde Sie im Laufe des Tages aufsuchen."

Nachdem ich das Handy abgeschaltet hatte, starrte ich zunächst gegen die Decke. Es gab einiges, was meine grauen Zellen zu verdauen hatten. Als dieser Vorgang beendet war, stand ich auf und marschierte tapfer mit zusammengebissenen Zähnen in Richtung Stationscenter. Zwei Schwestern saßen hinter dem Tresen und sahen mich fragend an.

„Ich muss raus", sagte ich. „Jetzt sofort."

Eine der Schwestern erhob sich und sagte mit vorwurfsvollem Ton und erhobenem Zeigefinger: „Frau Borowski, das geht nicht. Sie können sich nicht selbst entlassen."

„Ich muss. Ich nehme es auf meine Kappe."

Sie schüttelte den Kopf. „Sie müssen gar nichts. Was getan werden muss, entscheiden die Ärzte."

Meine Augen bohrten sich in ihre. „Ich bin nicht gekommen, um meine Entscheidung mit Ihnen zu diskutieren, sondern um sie Ihnen mitzuteilen, damit Sie sich keine Sorgen machen müssen, wenn Sie mein Bett leer vorfinden."

Sie schluckte, schien aber zu erkennen, dass ich es ernst meinte. „Nun denn, ich kann Sie wohl nicht umstimmen. Aber lassen Sie sich wenigstens noch einmal untersuchen. Ich werde dem Dienst habenden Arzt Bescheid geben. Vielleicht kann er Sie ja auch schon offiziell entlassen."

So geschah es dann auch. Die Schwellungen waren zurückgegangen, nicht ganz, aber weit genug, um keiner weiteren ärztlichen Beobachtung zu unterstehen. Nachdem ich geduscht hatte, legte man mir einen neuen Rippenverband an, gab mir mit auf den Weg, mich auf jeden Fall bei meinem Hausarzt vorzustellen und händigte mir die Entlassungspapiere aus. Da Charlie meine Sachen zum Waschen mitgenommen hatte, gaben mir die Schwestern ein Netzhöschen und einen Schwesternkittel. Eine lieh mir sogar ihren Mantel. Ich bedankte mich artig und verließ das Gebäude.

Es war noch dunkel und kalt. Am Taxistand warteten trotzdem schon drei Wagen auf Fahrgäste. Ich stieg in den ersten und sagte: „Zur Kreispolizeibehörde."

Die Fahrt dauerte nicht lange, weil der Berufsverkehr gerade erst eingesetzt und sich noch nicht zu seiner vollen Blüte entwickelt hatte. Ich entlohnte den Fahrer und betrat das Gebäude. Als Privatdetektiv hat man hin und wieder mit der Polizei zu tun, insofern war mir die Behörde nicht unbekannt. Außerdem hatte ich ja auch selbst ein paar Jahre hier gearbeitet. So war ich relativ schnell an meinem Ziel angelangt.

Das Namensschild vor Bremers Büro zeigte mir, dass Horst kein Einzelzimmer hatte. Außer ihm arbeitete hier ein W. Kowalski. Ich musste an Eva denken. Ob sie Kowalski gefragt hätte, ob er aus Polen stammte? Ich verwarf den Gedanken, klopfte an und trat ein. Horst war nicht da. Am Schreibtisch saß ein Mann mittleren Alters mit Bierbauch und fortgeschrittenem Haarausfall. Und mit einem

Gesichtsausdruck, der keinen Zweifel ließ, dass mein Besuch ihn störte. Nach einem kurzen Grunzen fragte er: „Kann ich Ihnen helfen?"

„Ich möchte zu Herrn Bremer."

„Besprechung."

Das hieß wohl, dass Horst in einer Besprechung war. „Verstehe. Wann wird er wieder da sein?"

Kowalski sah automatisch auf seine Uhr. „Schätze, in einer halben Stunde."

„Danke. Dann warte ich draußen." Nach diesem ausführlichen Gespräch verließ ich das Zimmer. Ich hatte die Tür gerade geschlossen, als mir auf dem Gang eine männliche Gestalt entgegen kam.

„Horst, da bist du ja schon", rief ich ihm zu. „Dein Gegenüber da drin sagte, du wärst noch eine halbe Stunde fort."

Er grinste verschmitzt. „Ich habe mich davongeschlichen. Die Besprechung war auch eigentlich schon zu Ende. Auf das Gesülze der Wichtigtuer kann ich verzichten."

Dann, als er nahe genug heran war, kam es. „Großer Gott, Lavinia, was ist mit dir passiert?"

„Können wir irgendwo in Ruhe reden? Ich habe keine Lust, mich vor dem Froschgesicht da drin zu äußern."

„Kowalski ist in Ordnung. Ein bisschen schwerfällig, aber fachlich auf Draht. Aber gut, gehen wir ins Separee."

Er führte mich in ein kleines Zimmer, das für Vernehmungen vorgesehen war, und besorgte uns Kaffee. Dabei bemerkte ich, dass ich ziemlich hungrig war, aber Frühstück musste noch warten. Dafür schlang ich den Kaffee in Rekordzeit hinunter.

Bremer schaute mir fasziniert zu. „Noch einen?"

Ich schüttelte den Kopf.

„Erzählst du mir jetzt, was dir widerfahren ist? Und wieso du als Krankenschwester herumläufst?"

Ich rasselte meine Geschichte herunter. In nicht einmal fünf Minuten hatte ich alles erzählt.

Bremer beäugte mich, als wäre ich eine Zirkussensation. „Und? Willst du Strafanzeige erstatten?"

„Nein. Das regele ich schon. Ich bin wegen einer anderen Sache gekommen. Ihr habt eine Klientin von mir eingebuchtet. Eva-Maria Müller-Wortmann, die Witwe des am Nordpunkt ermordeten Bankers."

„Ja, ich weiß. Ich habe es in der Akte gelesen."

„Hast du das veranlasst?"

Er hob beide Hände. „Lavinia, sieh mich nicht so vorwurfsvoll an. Es besteht mehr als ein Anfangsverdacht. Sie hatte ein Motiv."

„Horst, jetzt schalt mal deinen Verstand ein. Da sind zwei Männer, die mutmaßlich einer Bande von Schleppern oder Mädchenhändlern angehören. Beide werden von ihrem Boss, dem auch dir wohlbekannten Bordellkönig Müller, entsorgt, wahrscheinlich, weil sie aussteigen wollten, aber zu viel wussten. Warum lässt Müller Buschmanns Auto verschrotten? Weil er den Beweis für die manipulierte Bremse beseitigen muss. Und jetzt sag nicht, dass Eva Buschmanns Bremse frisiert hat."

„Ich kann dir nicht ganz folgen, Lavinia, du redest durcheinander. Du behauptest also, der Verantwortliche für die Morde an Walter Wortmann und Rainer Buschmann ist Johann Müller?"

„Bei Gott, jetzt hat er's."

„Beide arbeiteten für ihn. Du glaubst, sie wollten aussteigen, und deshalb ließ Müller sie beseitigen."

„Korrekt."

„Okay." Bremer lehnte sich auf seinem Stuhl zurück. Die Art, wie er das Okay aussprach, gefiel mir nicht. „Das entbehrt nicht einer gewissen Logik. Allein, es fehlen die Beweise. Hast du welche?"

„Wer ist denn jetzt für die Aufklärung von Verbrechen zuständig? Die Polizei oder schlecht bezahlte Privatdetektive? Wenn ihr eure Hausaufgaben gemacht hättet, hättet ihr Buschmanns Wagen beschlagnahmt und kriminaltechnisch untersucht. Dabei wäre euch die manipulierte Bremse aufgefallen. Vielleicht erinnerst du dich, Buschmann hatte die nächtliche Versammlung vorzeitig verlassen, nach einem Streit, der offenkundig von Wortmann ausging."

„Hast du etwas von dem Streit verstanden? Nur einen Satz?"

„Nein."

„Lavinia." Bremer legte seine Hand auf meine. „Du steigerst dich in etwas hinein. Du verlässt den Bereich der Fakten. Du begehst den Fehler, Hypothesen als Fakten anzusehen und daraus einen Fall zu konstruieren. Ist es nicht so?

Du hast heimlich eine Männerzusammenkunft beobachtet. Das ist zunächst einmal Hausfriedensbruch. Aber lassen wir das mal beiseite. Du siehst, wie kurz nach dem Streit ein Mann – Rainer Buschmann, wie wir jetzt wissen – den Ort des Geschehens verlässt und davonfährt. Deine Theorie: Er bekommt Muffensausen und macht die Biege.

Zweite Theorie: das Mädchen. Du siehst, wie ein nacktes Mädchen durch das Nordpunkthaus tänzelt. Aufgrund des in deinen Augen unglücklich aussehenden Mädchens nimmst du an, dass sie als Frischfleisch für Müllers Bordelle rekrutiert wurde.

Drittens. Am nächsten Morgen wird Walter Wortmann, der deiner Meinung nach Auslöser des Streits war, ermordet aufgefunden. Die unglückliche Episode mit deiner Festnahme lassen wir mal außen vor. Deine Theorie: Wortmann wollte aussteigen, deshalb der Streit. Müller lässt ihn umbringen.

Kommen wir jetzt zu den Fakten. Erstens: Müller selbst war bei dem Treffen in Ströhen gar nicht anwesend. Bis zum Beweis des Gegenteils ist er damit unschuldig. Zweitens: das Mädchen. Ein unglücklicher Gesichtsausdruck kann viele Ursachen haben. Sieh dich selbst an. Du siehst selbst unglücklich aus, und es ist nicht schwer zu erraten, dass das mit deinen Schmerzen zusammenhängt. Drittens: Buschmanns Auto. Wir haben herausgefunden, dass der Audi von einem bekannten Hehler stammt. Über Umwege gelangte er von Osteuropa nach Deutschland. Offensichtlich war Buschmann der günstige Preis wichtiger als die Qualität. Ich möchte nicht wissen, welche Mängel, außer der defekten Bremse, der Wagen noch aufwies. Viertens: Wortmann. Der Mann hatte nachweislich Streit mit seiner Frau. Wir wissen nicht, wer zum Zeitpunkt seines Todes tatsächlich noch am Nordpunkt war, außer einer Person namens Lavinia Borowski.

Soweit die Fakten. Aber da du ja auf Spekulationen stehst, spekuliere ich jetzt mal über den Ablauf, wie er sich auch zugetragen haben könnte.

Vier Männer treffen sich zum Junggesellenabschied. Oder zum Rudelbumsen. Was auch immer. Eine Nutte wird engagiert, um den Abend interessanter zu machen. Sie zieht sich aus, tanzt durch den Saal und denkt dabei die ganze Zeit an ihre kranke Mutter oder die schwer erziehbare Tochter oder die Steuerfahndung. Es gibt Millionen Gründe, warum sie zu diesem Zeitpunkt unglücklich war. Nun, es kommt, wie es kommen muss. Die Jungs trinken einen über den Durst, geraten in Streit, wer die Kleine als Erster flachlegen darf. Buschmann wird das Ganze zu peinlich, er macht sich vom Acker. Die anderen machen sich über das Mädchen her. Plötzlich taucht Wortmanns Frau auf. Die anderen flüchten, während sie ihm die Hölle heiß macht wegen der nackten Frau oder dem noch nicht gekauften Diamantencollier, das er ihr versprochen hat, oder weil er den Hof nicht gefegt hat et cetera pp. Der Streit eskaliert, sie murkst ihn ab. Einen Tag später kommt Buschmann, völlig unabhängig von der Wortmannsache, bei einem Verkehrsunfall ums Leben, weil die Bremsen seines schicken Schieberwagens versagen. Punkt."

„Klingt nicht schlecht", sagte ich. In mir kochte es, weil Bremer Recht hatte. Es konnte tatsächlich so gewesen sein.

„Zumindest nicht schlechter als deine Version. Und sie hat den Vorteil, realistischer zu sein."

Punkt für Bremer. Ich legte den Kopf schief und dachte nach. Und Gott sei Dank fiel mir auch etwas ein. „Und den Nachteil, zwei Ungereimtheiten aufzuweisen. Punkt eins: Warum wurde ich niedergeschlagen? Hätte eine Junggesellenparty es nötig, einen heimlichen Beobachter – einen Spanner womöglich -, durch körperliche Gewalt auszuschalten? Ich anstelle der Jungs hätte die Beobachterin gefragt, ob sie Lust hätte mitzumachen.

Punkt zwei: Wortmanns Leiche. Wie um alles in der Welt soll Eva, die kleine zierliche Eva, es geschafft haben, ihren großen muskulösen Mann an den Stamm zu hieven? Und selbst wenn ihr dieser unwahrscheinliche Kraftakt gelungen wäre, welchen Sinn hätte diese Aktion? Wäre ich die Mörderin, hätte ich die Leiche im Boden verscharrt oder sie an Ort und Stelle liegen gelassen und wäre geflüchtet. Also, wenn Eva nicht gerade über Superkräfte verfügt, scheidet sie als Täterin in meinen Augen aus."

Ich weiß nicht, warum ich in diesem Moment nicht erwähnte, dass einer der vier Männer im Nordpunkthaus Jabba the Hutt gewesen war, den ich für den Bodyguard Johann Müllers hielt. Und wenn Jabba da gewesen war, konnte dann nicht Müller der vierte Mann gewesen sein? Gut, es war nur ein Gedanke, aber ein verdammt guter. Doch dann kam Bremer mit einem Totschlagargument.

„Du übersiehst eine Sache, Vinnie. Eva hatte ein Motiv."

„Sie hatte einen Grund, Walter zu töten?" Ich lehnte mich mit offenem Mund zurück. Welchen Trumpf hatte Bremer im Ärmel? Es war offensichtlich, dass er nicht das Mädchen oder das fiktive Collier meinte.

Horst nickte. „So ist es. Die feine, glücklich verheiratete Eva-Maria Müller-Wortmann profitierte von Walters Tod. Es gibt eine Lebensversicherung zu ihren Gunsten über eine Million Euro."

In meinem Gehirn fiel der Vorhang. Meine Vorstellung war beendet. Horsts Drehbuch war das überzeugendere. Mir blieb in diesem Moment nur, den Schwanz einzukneifen. „Na schön, sieht so aus, als wäre meine Theorie Müll. Die Spur, die zu Müller führt, ist dann wahrscheinlich eine kalte."

„Du meinst die nächtliche Verschrottungsaktion? Mag ja sein, dass Müller seine Finger im Spiel hatte. Ich halte es nicht für ausgeschlossen, dass Buschmann sein Auto von Müller bekam. Und bevor man Müller etwas Entsprechendes beweisen kann, lässt er die Karre auf immer und ewig verschwinden."

Ich brauchte Bewegung, stand auf und begann, auf und ab zu laufen, soweit das in dem kleinen Raum möglich war. Bremer sah mir dabei zu. Nach einer Minute war meine Wanderlust vorbei und ich setzte mich wieder. „Eva rief mich an und bat mich um Hilfe. Wahrscheinlich kann ich ihr keine geben. Aber ich möchte sie wenigstens besuchen. Denkst du, das ist möglich?"

„Wenn nicht, machen wir es möglich."

„Brackwede?"

Er nickte.

„Gut, dann mache ich mich besser auf den Weg."

Bremer streckte seine Hand aus. „In dem Aufzug?"

Ich sah an mir herunter und erinnerte mich daran, dass ich nicht viel auf dem Leib trug. „Du hast Recht. Ich sollte mir erst mal was Vernünftiges anziehen."

Wir verabschiedeten uns. Als ich an der Tür war, rief Bremer mir hinterher. „Übrigens, mit Evas Verhaftung hatte ich nichts zu tun."

11

Ich bestellte mir ein Taxi und ließ mich zu Rent-a-car bringen, wo ich einen Skoda Fabia mietete, mit dem ich nach Hause fuhr. Dort telefonierte ich als Erstes mit meiner Werkstatt und erteilte den Auftrag, meinen Focus aus Südhemmern abzuholen und zu reparieren. Danach kochte ich mir einen Tee und setzte mich ins Wohnzimmer. Mir war nach einem heißen Entspannungsbad. Ich ließ es aber sein, weil ich einerseits bereits im Klinikum geduscht hatte und weil ich andererseits den Aufwand scheute, mir anschließend wieder alle Verbände anzulegen. Das mit den Verbänden hatten sie gut hingekriegt in der Klinik. Meine Rippen schmerzten kaum, zumindest solange ich mich so sparsam wie möglich bewegte. Wahrscheinlich trug aber auch das Novalgin zu meinem Wohlbefinden bei.

Nachdem ich den Tee ausgetrunken hatte, begab ich mich ins Bad und zog mich aus. Ein Blick in den Spiegel zeigte mir, dass ich wieder sehen konnte; die Schwellung der Augen war dank der Arbeit der Ärzte deutlich zurückgegangen, wenn auch die Lider noch ein wenig verquollen und blaugelb verfärbt waren. Nicht schön, aber auch nicht lebensbedrohlich. Blaue Flecken waren übrigens überall an meinem Körper. Auf jedem Jahrmarkt wäre ich eine Attraktion gewesen: die bunte Frau. Die Hämatome verhinderten zuverlässig, dass ich als Kaukasierin identifiziert werden konnte.

In diesem Moment klingelte es an der Haustür. Ich fluchte. „Einen Moment", rief ich und flitzte ins Schlafzimmer, wo ich in die erstbeste Shorts, die ich fand, schlüpfte und mir eine Bluse überwarf, die ich auf dem Weg zur Haustür notdürftig zuknöpfte.

Ich öffnete und blickte meinen Besucher an. „Wieso wundere ich mich nicht, dass du es bist?"

Horst Bremer trat ein. „Ich hatte gehofft, dich hier anzutreffen."

„Nun, du hast Glück. Ich habe noch einen Tee getrunken, bevor ich nach Bielefeld fahre."

„Machst du uns trotzdem einen Kaffee?"

Ich zuckte die Schultern und ging in die Küche. Als ich zurückkam, saß Bremer im Wohnzimmersessel und tippte auf seinem Smartphone. Als er mich sah, steckte er es weg. Eine Weile sagten wir nichts und tranken unseren Kaffee.

„Vinnie, ich mache mir Sorgen", sagte er schließlich.

„Um mich?", fragte ich.

Er nickte.

„Warum?"

„Vielleicht ist an deiner Müller-Theorie doch mehr dran als ich glauben wollte."

„Wie kommst du zu dieser bahnbrechenden Erkenntnis?"

„Du kennst nicht zufällig einen Jürgen Schneider?"

Ich musste nicht überlegen. „Der Name sagt mir nichts."

„Klein und unscheinbar. Buchhalter bei Müller. Hat die Angewohnheit, nächtliche Besuche am Rahdener Nordpunkt durchzuführen."

Mir schwante etwas. Etwas, das mich über alle Maßen beunruhigte. Bremer schien das zu spüren. Ich versuchte, von meinen Sorgen abzulenken. „Der Nordpunkt steht jedem Interessierten offen."

„Das stimmt." Er stocherte in meiner Wunde. „Mädchenhändlern, Mördern, Polizisten, Detektiven, Whistleblowern. Allerhand los da in den letzten Tagen. Oder vielmehr in den letzten Nächten."

„Ja, kurios, nicht wahr?"

„Dummerweise ist Jürgen Schneider tot. Und dreimal darfst du raten, wo seine Leiche gefunden wurde."

Über den Ort musste ich nicht raten, nur über die Zeit. „Wann?"

„Heute Morgen in aller Frühe. Die Anwohner fanden ihn. Seine Leiche war in der gleichen Weise zugerichtet wie die von Wortmann. Schneider wurde um Mitternacht herum ermordet."

Ich schwieg.

„Zum Tatzeitpunkt hat ein Anwohner zwei Fahrzeuge bemerkt und sich die Kennzeichen aufgeschrieben. Eines davon gehört zu einem gewissen Focus. Muss ich weiter reden?"

Zugegeben, es passierte nicht oft, aber nach Bremers Worten war mir heiß geworden. Ich zog die Beine an, setzte mich aufrecht und blickte ihm offen und ehrlich in die Augen. „Ich kannte seinen Namen nicht. Mir gegenüber nannte er sich Schmidt. Er hat mir für fünfhundert Euro eine wertlose Information verkauft. Für weitere fünftausend wollte er mir detailliertere Infos geben. Ich habe abgelehnt. Dann bin ich gegangen."

„Das war alles?"

„Das war alles."

„Ich nehme an, es ging um Informationen betreffend Müller. Korrigiere mich, wenn ich falsch liege."

Ich sagte nichts.

„Wie bist du auf Schneider gestoßen?"

„Ali hat mir den Kontakt vermittelt."

„Mehmet Erdogan aus dem Boxstudio?"

Ich nickte. „Glaubst du mir jetzt, dass Müller seine Finger bei den Morden im Spiel hatte?"

Bremer sah aus dem Fenster. „Ich wäre ein schlechter Polizist, wenn ich diesen Gedanken weiterhin kategorisch ablehnen würde. Und da ich ein guter Polizist bin, werde ich nun auch in dieser Richtung ermitteln. Und noch etwas anderes muss ich tun: Dich bitten, dich künftig aus dieser Sache herauszuhalten. Bisher hast du Glück gehabt. Lass die Finger von Müller. Ansonsten könntest du sein nächstes Opfer sein."

„Berufsrisiko. Aber im Grunde will ich ja nur nach Bielefeld, um eine Freundin im Gefängnis zu besuchen, die dort unschuldig einsitzt. Nachdem Müller nun unser gemeinsamer Hauptverdächtiger ist, besteht ja wohl keine Notwendigkeit mehr, Eva weiter eingesperrt zu lassen."

„Das sehe ich nicht so. Eine Million Euro sind ein sehr starker Grund. Übrigens, das zweite Fahrzeug, das am Nordpunkt gesehen wurde ..."

„Ich erinnere mich an einen Wagen, der mir entgegenkam, als ich den Nordpunkt verließ. Dummerweise habe ich weder auf den Fahrzeugtyp noch auf den Fahrer geachtet."

„Mach dir keinen Vorwurf, es wäre sinnlos gewesen. Der Wagen wurde heute Morgen als gestohlen gemeldet."

„Tja, ich schätze, dann fahre ich jetzt mal nach Bielefeld."

Bremer stand auf und wandte sich zum Gehen. Wir verabschiedeten uns voneinander mit einem freundschaftlichen Wangenkuss. Nachdem er gegangen war, schlüpfte ich in mein kleines Schwarzes, ein in die Jahre gekommenes Kostüm, das aber immer noch seinen Zweck erfüllte und das ich für besondere Anlässe anzog. Ich kämmte mir sorgfältig das Haar und betrachtete mich kritisch im Spiegel. Das Ergebnis war zufriedenstellend. Ich sah seriös genug aus. Ich schnappte meinen Aktenkoffer, setzte mich in den Leihwagen und fuhr los.

Eine lange, dünne Rothaarige mit Dutt brachte mich in das Besucherzimmer. „Heben Sie bitte die Arme über den Kopf und spreizen Sie Ihre Beine", sagte sie.

Ich gehorchte. Während ich abgetastet wurde, fragte ich: „Machen Sie das mit allen Besuchern?"

Ohne sich in ihrer Arbeit stören zu lassen, antwortete die Beamtin: „Nur bei solchen, die zu Mördern wollen."

Ich musterte sie mit zusammengekniffenen Augen. Ihre Einstellung gefiel mir nicht. Und so konnte ich mir die folgenden Worte nicht verkneifen. „Und zu Unschuldigen, die fälschlicherweise unter Mordverdacht stehen."

„Das kann ich nicht beurteilen." Respekt, sie zog ihr Ding durch. Mit keiner Miene ließ sie erkennen, dass meine Worte sie verletzt hatten. „Ich mach nur meinen Job. Sie haben noch Glück. Damals nach dem 11. September mussten sich alle Besucher entkleiden. Sie werden's nicht glauben, aber manche fanden das echt geil und kamen nur deswegen."

Entdeckte ich da eine Art von trockenem Humor? „Ja, manche stehen auf Sado-Maso. Könnt ihr euch nicht Nacktscanner anschaffen?"

Die Rothaarige schüttelte den Kopf. „Zu teuer."

„Wäre aber sicherer fürs Personal."

Die Wärterin war fertig und begab sich zur Tür. „Ich hole jetzt die Delinquentin."

„Sie meinen die Tatverdächtige - Frau Müller-Wortmann."

Ohne ein weiteres Wort verließ sie den Raum. Wenige Minuten später kam Eva, zusammengesunken, vornüber gebeugt und mit verheultem Gesicht. Sie lief auf mich zu, nahm mich in den Arm und drückte mich ordentlich.

„Lavinia. Ich bin so froh, Sie zu sehen." Tränen liefen über ihre Wangen.

„Wie geht es Ihnen?", fragte ich. Eine blöde Frage; wie es ihr ging, war ja nicht zu übersehen, aber irgendwas musste ich ja sagen. Wir setzten uns auf die klapprigen Plastikstühle.

„Wie es mir geht? Soll das ein Witz sein? Wie kann es jemandem schon gehen, der einsitzt, unschuldig ist und den die Welt vergessen zu haben scheint. Mein Anwalt, der Schleimer, ist anscheinend nur hinter der Kohle her. Warum sonst hat er mir hier noch nicht rausgeholfen?"

„Nun ja, das ist bei Mordverdächtigen nicht so einfach wie bei Schwarzfahrern."

„Mordverdächtige?" Evas Stimme wurde lauter. „Sind Sie auch auf deren Seite? Ich bin unschuldig, verdammt noch mal. Ich habe Walter nicht umgebracht." Ein neuerlicher Tränenstrom lief ihre Wangen herunter.

„Hey." Ich legte meine Hände auf ihre, die zitternd auf dem Tisch lagen. „Ich bin auf Ihrer Seite. Und ich bin optimistisch, dass dieser Albtraum in wenigen Tagen ausgestanden ist."

„Tage?" Eva riss die Augen auf. „Ich soll noch Tage hier drin aushalten?" Sie sprang auf und entblößte ihren Oberkörper. Baue Flecken bedeckten ihre Brüste und ihren Rücken. „Das haben sie mit mir beim Duschen gemacht. Und ich habe erst *ein* Mal geduscht."

Mit kraftlosen Bewegungen zog sie sich wieder an. „Ich halte das nicht mehr aus." Ihre Stimme klang verheult, Rotz lief ihr aus der Nase. „Hol mich hier raus, Lavinia."

Ich stand auf, gab ihr ein Tempo und nahm sie in den Arm. „Wer hat dir das angetan?"

„Die Häftlinge. Diese grässlichen Weiber. Als sie meinen nackten Körper sahen, wollten sie Sex mit mir. Hast du schon mal eine Banane probiert, fragten sie. Eine Banane, Lavinia. Als ich mich weigerte, haben sie mich in die Mangel genommen. Zwei von vorne und zwei von hinten. Es war das Widerlichste, was mir je widerfahren ist. Ich wehrte mich und sie schlugen mich. Es war so demütigend."

„Warum hast du nicht um Hilfe gerufen?"

„Um es noch schlimmer zu machen? Du kennst die ungeschriebenen Gesetze, die in Gefängnissen herrschen: Schweig, wenn du überleben willst."

Ich führte Eva zu ihrem Platz zurück. „Hör zu, ich sollte dir das eigentlich nicht erzählen. Aber ich finde, du hast ein Recht, es zu erfahren. Die Polizei hält dich für schuldig. Du sollst ein Motiv haben."

„Ein Motiv, Walter zu ermorden? Das ist lächerlich."

„In den Augen der Polizei ist eine Lebensversicherung über eine Million Euro nicht lächerlich. Und da bin ich ausnahmsweise auf der Seite der Polizei."

Evas Gesicht nahm zuerst einen überraschten, dann einen empörten Ausdruck an. „Du glaubst auch, dass ich Walter ermordet habe? Des Geldes wegen?"

Ich hob die Schultern. „Ich sagte, dass eine Million Euro ein ausreichendes Motiv für einen Mord wären. Ich sagte nicht, dass du Walter getötet hast."

„Würdest du mir glauben, wenn ich dir sagte, dass ich von der Versicherung keine Ahnung hatte?"

„Hattest du?"

Evas Augen gingen zum Boden. Ihre Stimme wurde leiser. „Nein. Ich habe es nicht gewusst. Offenbar hat er mich mehr geliebt als ich dachte." Sie sah auf. Wieder schimmerten Tränen in ihren Augen. „Lavinia, du musst mir glauben. An dem Geld liegt mir nichts. Ich würde es sofort hergeben, wenn ich dadurch Walter wiederbekäme."

Ich sah sie an. So sehr ich mich bemühte, ich konnte kein Falsch in ihren Augen entdecken. In dubio pro reo. „Ich glaube dir. Jetzt erzähl mir, was du an dem Abend gemacht hast, als Walter ermordet wurde."

„Na ja, nachdem du angerufen hattest, bin ich ins Fitnessstudio gefahren, danach zum Schwimmen. Als ich nach Hause kam, war Walter nicht da. Erst dachte ich mir nichts dabei. Wahrscheinlich hat er wieder eine seiner abendlichen Besprechungen, dachte ich. Als er um Mitternacht immer noch nicht da war, ging ich ins Bett. Da war mir alles egal und ich dachte nur noch, rutsch mir den Buckel runter. Am nächsten Morgen war er allerdings immer noch nicht zu Hause. Unruhe erfasste mich, weil ich nicht wusste, ob er bei seinem Flittchen war oder ob ihm vielleicht doch etwas zugestoßen war. Und dann erschien die Polizei."

„Na schön. Die Polizei hat dir die Frage wahrscheinlich schon gestellt, aber ich möchte das auch tun. Du sagst, du warst zum Zeitpunkt von Walters Ermordung zu Hause. Hast du dafür Zeugen?"

Eva rutschte nervös auf ihrem Stuhl hin und her. Es dauerte eine Viertelminute, bis sie antwortete. „Nein."

Ich glaubte ihr nicht. „Wirklich?"

„Ich war zu Hause. Wen sollte ich da als Zeugen haben?"

„Ja, du hast Recht. Mit dieser Aussage belastest du dich allerdings selbst. Das weißt du, nicht wahr?"

Eva schwieg. Ihre verheulten Augen blickten zu Boden. Sie räusperte sich und errötete. „Ich war nicht den ganzen Abend zu Hause", sagte sie schließlich leise, beinahe flüsternd.

„Was?" Hatte ich sie richtig verstanden?

„Nach dem Sport bin ich heimgefahren. Das stimmt. Aber nur, um zu duschen und zu essen. Danach bin ich noch mal weg."

„Wohin?"

„Das kann ich dir nicht sagen."

„Warum nicht?"

„Lavinia, ich kann es nicht, okay?" Evas Stimme war plötzlich laut geworden, laut und eindringlich.

Ich begann etwas zu ahnen. Etwas, das mir überhaupt nicht gefiel. Etwas, das Bremers These stützen würde. Aber ich sagte nichts. Noch nicht. Stattdessen sah ich Eva tief in die Augen. „Na schön. Du hast das Haus also noch mal verlassen, mit einem Ziel, das du mir nicht verraten willst.

Gab es dort wenigstens Personen, die deinen Aufenthalt bezeugen können?"

„Ja", antwortete sie, jetzt wieder mit leiser Stimme. Und wieder wurde sie rot.

„Hervorragend. Dann gibt es doch Zeugen dafür, dass du zum Zeitpunkt von Walters Ermordung nicht in Ströhen warst. Warum hast du der Polizei nichts davon erzählt?"

„Ich kann nicht."

„Warum nicht?"

„Ich kann dir die Gründe jetzt nicht nennen."

Jetzt reichte es mir. Ich schlug mit der Faust auf den Tisch. „Eva. Es geht um deinen Kopf. Warum mauerst du?"

Sie schwieg.

„Willst du jemanden schützen?"

Sie schwieg weiter.

„Doch nicht den Mörder?"

Sie sah entsetzt auf. „Nein. Um Gottes Willen."

Ich konnte die Frage jetzt nicht länger hinauszögern. „Hast du einen Lover?"

Ich hatte nicht gewusst, wie rot Schamesröte werden kann. Evas Gesicht glich jetzt dem eines Indianers. Trotzdem kam wieder kein Ton über ihre Lippen. Das brauchte es auch nicht, ihre Gesichtsfarbe sagte alles.

„Eva, verdammt noch mal, ich kann dir nicht helfen, wenn du mir wesentliche Tatsachen verschweigst."

Zwei Minuten lang herrschte absolutes Schweigen. Ich hörte Geräusche von draußen, Gesprächsfetzen, Fußtritte, Radio, aber keinen einzigen Pieps von Eva. Schließlich brach sie das Schweigen. Sie sah mir in die Augen und sagte: „Hol mich einfach hier raus. Ich zahle dir jede Summe."

Jetzt schwieg ich.

„Finde den Mörder, Lavinia. Damit entlastest du mich auch."

Ich seufzte. Gegen so viel Sturheit kam ich nicht an. „Na schön. Sag mir wenigstens die Uhrzeit, wann du das Haus verlassen hast."

„Etwa gegen halb zehn."

„Und bis Mitternacht warst du wieder zurück?"

„Ja, etwa viertel vor zwölf."

„Tja, es ist schade, dass du keinen Zeugen benennen kannst. Das hätte dir sofort geholfen."

„Was ist mit Kaution?"

„Freilassung gegen Kaution? Du siehst zu viele amerikanische Krimis."

„Lavinia, versteh mich doch. Ich kann es dir einfach nicht sagen. Noch nicht. Ich bin kein böser Mensch. Vielleicht habe ich Walter in letzter Zeit etwas vernachlässigt. Vielleicht habe ich ihn auch nicht mehr so geliebt wie früher. Aber als er nicht wieder auftauchte, begann ich mir Sorgen zu machen und stellte fest, dass ich ihn doch noch liebe.

Ich habe ihn nicht ermordet. Glaubst du mir? Alle lassen mich im Stich, sogar mein Anwalt. Ich habe nur noch dich. Es gibt niemanden, der mir hilft, wenn du es nicht tust. Ich weiß, dass ich viel von dir verlange. Aber ich kann im Moment nichts weiter sagen. Im Moment. Später werde ich es tun. Aber zuerst muss ich mit mir selbst ins Reine kommen."

Ich blickte demonstrativ auf meine Uhr, bevor ich sagte: „Willst du mir nicht wenigstens verraten, wo du in der fraglichen Zeit gewesen bist?"

Sie schüttelte unter Tränen den Kopf.

„Aber es war nicht Rahden?"

„Nein. Definitiv." Sie nahm mein Taschentuch und putzte sich die Nase. „Und als ich viertel vor zwölf nach Hause kam, ging ich sofort ins Bett, wie ich es dir gesagt habe."

„Ich sage es noch einmal, Eva: Du machst mir die Arbeit schwer. Aber ich glaube dir." Noch einmal legte ich meine Hand auf die ihre. „Gehen wir es mal von der anderen Seite an. Hast du eine Ahnung, wer Walter ermordet haben könnte?"

„Nein, nicht die geringste. Aber du sagtest doch, dass er sich mit zwielichtigen Gestalten in Rahden getroffen hat. Vielleicht haben die von der Lebensversicherung erfahren und ihn erpresst."

Ich stand auf, fuhr mir mit den Händen durch mein Haar und blickte mitleidig auf Eva hinunter. „Du bist ein hoffnungsloser Fall. Eigentlich sollte ich hinschmeißen. Aber ich bringe es nicht übers Herz. Ich mag dich. Und ich weiß, dass du unschuldig bist. Mein Gerechtigkeitssinn befiehlt mir weiterzumachen. Ich tu, was ich kann, Eva. Aber verlange keine Wunder von mir."

Jetzt erhob auch sie sich von ihrem Stuhl. Ihre Knie zitterten und ihre Gesichtsmuskeln zuckten bizarr, dass es aussah wie eine Varieténummer. „Ich habe dich noch nicht einmal gefragt, was dir passiert ist."

Ich winkte ab. „Vergiss es."

„Ich bin ein hoffnungsloser Fall, sagtest du. Du hast Recht. Aber ich kann nicht über meinen Schatten springen. Noch nicht." Sie hielt mir ihre Hand hin. „Danke für alles."

Ich war einfach zu weich. Ich drückte ihre Hand und versuchte ein Lächeln. Als ich an der Tür war und klingelte, um hinausgelassen zu werden, rief Eva mir hinterher.

„Lavinia. Auch wenn du erfolglos bleibst, du bekommst dein Honorar auf jeden Fall. Ich wäre dir auch nicht böse. Ich gehöre nicht zu diesen Zicken, die nur verlangen. Ich weiß, welche Mühen ich dir aufbürde und dass es meine eigene Schuld ist, wenn du keinen Erfolg hast. Das wollte ich dir noch sagen."

Mit Tränen in den Augen wandte sie sich um. Ich verließ den Raum.

12

Es war Mittag, als ich in meinem Büro ankam. Unterwegs hatte ich mir ein belegtes Brötchen besorgt. Hunger hatte ich also keinen mehr. Aber Kaffeedurst. Nachdem ich die Heizung aufgedreht hatte, marschierte ich zur Kaffeemaschine und freute mich, dass wenigstens diese heil geblieben war. Während der Kaffee lief, verschaffte ich mir einen Überblick über die Verwüstungen, die Müllers Schläger hinterlassen hatten. Der Schreibtisch war hinüber, desgleichen die Aktenschränke. Was noch intakt war, waren die Besucherstühle, wahrscheinlich, weil sie Stahlrohrrahmen hatten und allenfalls von Herkules hätten zerlegt werden können. Der Boden war übersät mit Papieren und Trümmern meines Computers. Ich nahm einen Notizblock und schrieb einige Zahlen nieder. Die Neuanschaffungen würden eine schöne Stange Geld kosten. Hoffentlich zahlte die Versicherung. Ansonsten konnte ich nur hoffen, dass Eva wirklich so spendabel war, wie sie angeboten hatte.

Nachdem ich meine erste Tasse Kaffee getrunken hatte, machte ich mich ans Aufräumen. Zwei Stunden später war ich fertig. Die zerstörten Möbel lagen auf dem Hof; die Aktenordner, in die ich die herumliegenden Papiere wieder eingeordnet hatte, standen säuberlich aufgereiht an der Wand, die Stühle an der gegenüberliegenden Seite. Ich war gerade im Begriff, neuen Kaffee aufzusetzen, als das Telefon klingelte.

„Lavinia, hier ist Senta. Ich wollte dir nur mitteilen, dass die Polizei angerufen hat. Die Obduktion ergab keine Hinweise auf ein Verbrechen, sagen sie. Todesursache ist eindeutig der Unfall. Genauer gesagt: Genickbruch infolge des Unfalls."

„Davon war auszugehen", sagte ich. „Was unter den Teppich fällt, ist die Tatsache, dass es sich bei dem Unfall um einen Mordanschlag handelt." Ich berichtete Senta von der nächtlichen Verfolgungsjagd und der Zerstörung des Audis.

„Und trotzdem will die Polizei nichts unternehmen?" Sentas Stimme klang aufgebracht. Zu Recht, wie ich fand.

„Beruhige dich. Ich bin am Ball. Ich kenne jemanden bei der Polizei, dem ich vertraue. Er ist auf unserer Seite und wird uns helfen."

Nachdem wir noch ein paar Minuten über Belanglosigkeiten geplaudert hatten, beendete ich das Gespräch und bereitete mich seelisch auf meine nächste Aufgabe vor. Bevor ich jedoch das Büro verließ, warf ich noch einen Blick in den Spiegel. Ein müdes Gesicht sah mir entgegen; kein Wunder nach der letzten Nacht, irgendwie fehlte mir noch ein bisschen Schlaf. Positiv war, dass die Schwellung meiner Augen weiter zurückgegangen war, doch insgesamt sah mein Gesicht immer noch furchtbar aus, was nicht zuletzt durch die bunten Farben der Hämatome verursacht wurde.

Mit dem Leihwagen fuhr ich nach Minden. Unterwegs kam ich an einem Möbelgeschäft vorbei. Spontan fuhr ich auf den Parkplatz, hielt eine Weile und betrachtete die Auslagen. Schließlich musste ich mich irgendwann um Ersatz für mein zerstörtes Mobiliar kümmern. Aber dazu brauchte ich mehr Ruhe. Keine fünf Minuten später fuhr ich weiter.

Ali war wie üblich im Studio. Qualmend stand er vor dem Sparring und gab bissige Kommentare zu dem Kampf, dem er zusah. Als er mich erblickte, rief er den Boxern zu: „Okay, Jungs, Pause. In einer Viertelstunde geht's weiter."

Die Zigarre im Mundwinkel, kam er auf mich zu. „Kindchen, wie siehst du denn aus? Wer hat dich in die Mangel genommen? Habe ich dir nicht immer gesagt, du sollst dich nicht nur auf Angriff konzentrieren? Hast wieder mal deine Deckung vernachlässigt, was?"

„Du hast es vermutlich schon gehört, oder?" Ich setzte mich auf eine der Bänke.

Ali setzte sich neben mich. „Das mit Schmidt? Die Spatzen pfeifen es von den Dächern. Ein Vögelchen hat mir auch gezwitschert, dass es einer kleinen Schnüfflerin an den Kragen ging."

„Tja, ich schätze, ich hab's vermasselt."

„Vergiss Schmidt. Er war zu gierig. Würde mich nicht wundern, wenn Müller ihn früher oder später ohnehin ausgeknipst hätte."

„Für fünftausend Mäuse wollte er mir weitere Informationen geben."

„Wären die's wert gewesen?"

Ich hob die Schultern. „Im Grunde waren schon die fünfhundert, die ich ihm gab, zum Fenster rausgeschmissen."

„Siehst du, die Vorsehung hat dich vor weiterem Schaden bewahrt."

Wir lachten, was angesichts Schmidts Tod sicher nicht politisch korrekt war, aber meine Gedanken aufklarte.

Ali nahm meine Hand. „Was macht dein Fall?", fragte er, nachdem wir mit Lachen aufgehört hatten.

Ich seufzte. „Na ja, abgesehen davon, dass ich ständig auf die Fresse kriege, mache ich keine Fortschritte. Meine Klientin sitzt unschuldig im Gefängnis und erwartet, dass ich sie raushaue. Dabei habe ich keine Ahnung, wie ich an Müller rankommen soll."

„Hast du es schon mal vor Ort versucht?"

Ich erschreckte. „In seinem Büro?"

„Nein. In einem seiner Bumslokale. Manchmal redet das Personal. Denk an Schmidt."

Ich dachte nach. Alis Idee war gar nicht so schlecht. Die Arbeitsverhältnisse bei Müller waren für einige seiner Angestellten sicher nicht die idealsten. Wahrscheinlich gab es in den Reihen seiner Pferdchen jede Menge Unzufriedenheit, die ich für mich ausnutzen konnte. Einen Versuch war es jedenfalls wert. Ich bedankte mich bei Ali für seinen Vorschlag, verabschiedete mich und bat ihn, Charlie und DJ von mir zu grüßen.

Nach meinem Besuch im Boxstudio fuhr ich zu McDonalds, wo ich mir einen Big Mac und eine Cola reinzog, mein Abendessen. Als ich damit durch war, kam die Tagesschau. Zu früh, um einen Nachtklub zu besuchen. Ich überlegte, wie ich die nächsten Stunden verbringen sollte. Das Vernünftigste wäre gewesen, nach Hause zu fahren und mir noch eine kleine Dosis Matratzenhorchdienst zu verpassen. Aber irgendwie war ich zu faul, wieder nach Hille zurückzufahren und in drei oder vier Stunden erneut loszufahren. Also fuhr ich in die Innenstadt, parkte meinen Wagen am Marktplatz, wo ich tatsächlich einen Parkplatz fand, und schlenderte durch Mindens Fußgängerzone, die sich ausgestorben vor mir ausbreitete. Weil um diese Zeit kein Geschäft mehr geöffnet war und ich den Scharn und die Bäckerstraße in Rekordzeit durchlaufen hatte, bis zum Besuch eines Nachtlokals aber immer noch zu viel Zeit übrig war, entschloss ich mich, ins Kino zu gehen. Es lief ein brutaler Metzelfilm, der beinahe drei Stunden dauerte und von dem ich nicht allzu viel mitbekam, weil Morpheus gleich nach der Eingangssequenz seine Arme über mich breitete. Das Ende der Vorstellung war etwas peinlich, weil das Personal mich wecken musste. Aber immerhin war ich jetzt ausgeruht und hatte die lange Wartezeit überbrückt. Als ich das Kino verließ, war es halb zwölf.

Ich lief zurück durch die Stadt, kletterte die Martinitreppe hoch, überquerte den Parkplatz, wo mein Leihwagen stand, und kam in die Ritterstraße.

Das *Night* war ein Backsteinbau in der Altstadt. Grelle Neonreklame und Schaukästen mit Nacktfotos verschiedener Mädchen lockten Mannsvolk an wie das Aas die Schmeißfliegen. Aus der geschlossenen Tür drang Lärm, der sich aus Musik und schäbiger Männerlache zusammensetzte. Ich drückte den Griff nieder und trat ein.

Ein dicker Schwall Rauch, der mir den Atem nahm und Hustenreiz auslöste, schlug mir entgegen und ließ meine Augen tränen. Genervt fragte ich mich, ob das Rauchverbot für Nachtlokale nicht galt. Drinnen war es jedenfalls warm, was mich wieder ein wenig versöhnte. Kerle saßen an der Bar, andere hockten an den Tischen und sahen einem Mädchen zu, das sich mit nichts weiter als einem Tangaslip von der Größe einer Briefmarke bekleidet um eine Metallstange wickelte. Die Männer grölten. Die wenigen Frauen, die anwesend waren, hielten sich damit zurück. Trotz des Dämmerlichts, das den dicken Qualm kaum durchstieß, war zu erkennen, dass die Gäste allen Bevölkerungsschichten entstammten.

Ich setzte mich an die Bar, bestellte einen Wodka und begann, das Personal unter die Lupe zu nehmen. Die Tänzerin sah gelangweilt aus – ein Routinejob, den sie erledigte. Weder ihre Nacktheit noch ihre Nummer schienen ihr Unbehagen zu bereiten. Hinter der Theke agierte ein vierschrötiger Schlägertyp als Kellner, zu dessen Aufgaben wahrscheinlich nicht nur das Ausschenken geistiger Getränke gehörte und der mich die ganze Zeit argwöhnisch beobachtete, als ob er zu wissen schien, dass ich nicht hierher gehörte. Ich wandte mich schaudernd ab und ließ meinen Blick weiter schweifen. Ein Mädchen mit einem stramm sitzenden Höschen und sonst nichts weiter am Körper erregte meine Aufmerksamkeit. Leichtfüßig wie eine Elfe, beinahe schwebend, tänzelte sie zwischen den Tischen umher, servierte Getränke und ließ sich von notgeilen Fingern begrapschen, die ihr als Belohnung für diese Vorteilsgewährung Scheine ins Höschen stopften, wobei sie dann noch einmal eine interessante Entdeckung machen durften. Im Gegensatz zur Tänzerin war die Haltung der Kellnerin jedoch nicht gleichgültig professionell, sondern eher vorsichtig oder ... Nein, ich musste meinen Eindruck korrigieren. Es schien, als hätte sie Angst. Die geduckte Haltung, der verstörte Blick, die Augen, die ständig umherwanderten und die Umgebung nach Gefahren absuchten. Ja, es war eindeutig, dieses Mädchen hatte Angst. Also ein lohnendes Opfer für Lavinia Borowski.

Ich bezahlte meinen Wodka und suchte in der rauchgeschwängerten Luft nach einem freien

Tisch. Als das Mädchen vorbeikam, hielt ich sie auf. „Habt ihr auch alkoholfreie Getränke?"

Sie antwortete schüchtern und so leise, dass es kaum zu verstehen war. „Kaffee?"

„In Ordnung. Bring mir einen Kaffee."

Als sie zurückkam und zehn Euro für den Kaffee verlangte, verzog ich das Gesicht. Ich verzog es noch mehr, als ich den ersten Schluck getrunken hatte. Der Geschmack dieser Brühe rechtfertigte nicht einmal den Preis von zehn Cent. Aber sei's drum, ich hatte eine Aufgabe zu erledigen. „Wie heißt du?", fragte ich die junge Kellnerin.

Das Mädchen war bereits im Gehen begriffen und blieb nach meiner Frage unschlüssig stehen, als überlegte sie, ob sie mir antworten durfte. Offenbar hielt sie diese Auskunft für unverfänglich, denn einige Sekunden später antwortete sie. „Clarissa."

„Arbeitest du schon lange hier?"

Die Augen des Mädchens gingen vom Fußboden zur Decke. „Ein paar Monate."

„Wie alt bist du?"

„Achtzehn."

Das Mädchen war keinen Tag älter als fünfzehn. Darauf hätte ich geschworen. Deshalb konnte ich mir auch die nächste Frage nicht verkneifen. „Und in Wirklichkeit?"

„Ich muss jetzt gehen. Sonst kriege ich Ärger mit Toni." Sie deutete mit dem Kopf Richtung Bar.

Ich wandte mich um und sah, dass Toni, der Barkeeper, misstrauisch zu uns herüberblickte. Wahrscheinlich würde Clarissa jetzt tatsächlich Ärger bekommen, weil sie sich auf eine Unterhaltung mit mir eingelassen hatte, mit der Person, die Toni sowieso schon misstrauisch beäugt hatte. Als ich mich wieder umdrehte, war Clarissa fort. Ich trank meinen Kaffee und sah mich weiter um, so gut es in dem Dämmerlicht möglich war. Bekannte Gesichter entdeckte ich nicht.

Ich hatte das braune Wasser, das sie hier Kaffee nannten, schnell ausgetrunken und war im Begriff aufzustehen, als ich aus dem Augenwinkel sah, wie eine Gestalt sich meinem Tisch näherte.

„Na, sieh mal einer an", sagte eine bekannte Stimme. „Wen haben wir denn da?"

Horst Bremer setzte sich zu mir und grinste mich mit zwei Reihen gepflegter blitzender Zähne an. „Hast du eine neue Nachtbeschäftigung?"

Ich hob die Brauen. „Und was treibt einen Bullen zu nachtschlafender Zeit in ein Bumslokal? Privat oder dienstlich?"

„Was glaubst du?"

Unbekümmertes Achselzucken meinerseits. „Schwer zu sagen. Da ich dich kenne, würde ich einen privaten Besuch nicht ausschließen. Andererseits halte ich dich nicht für notgeil."

Bremer setzte sich. „Was trinkst du?"

Einen Moment überlegte ich, ob ich ihn vorwarnen sollte, was die Preise in diesem Etablissement anbelangte, ließ es dann aber bleiben, weil ich mir dachte, dass auch er ruhig ein bisschen bluten sollte. Aber nach einem weiteren Kaffeegenerikum war mir nicht zumute. „Eine Cola."

Er nickte und bestellte, einen Whisky für sich selbst. Die dreißig Euro, die Clarissa verlangte, riefen ein gequältes Zucken seiner Augenbrauen hervor. Mir entging nicht, dass auch er Clarissa mit einem prüfenden Blick belegte.

„Was hältst du von ihr?", fragte ich, nachdem sie gegangen war.

„Von dem Mädchen?"

„Nein, von der allgemeinen wirtschaftlichen Lage." Ich verdrehte die Augen. „Natürlich von Clarissa."

„Kennt ihr euch?"

„Erst seit ein paar Minuten."

Bremer lehnte sich zurück und nippte an seinem Whisky. Zwei Zentiliter für über zwanzig Euro. Und zu schmecken schien es auch nicht, wenn ich die richtigen Schlüsse aus seinem Gesichtsausdruck zog. „Grottiges Zeug", sagte er. „Für den Preis kriege ich im Aldi fünf Flaschen und bessere Qualität."

Ich wusste nichts über die Qualität von Aldiwhisky, und in diesem Moment interessierte sie mich auch nicht. Ich wiederholte meine Frage. „Das Mädchen, Horst. Was hältst du von ihr?"

„Wie war ihr Name? Clarissa? Sie sieht nicht sehr zufrieden aus. Ich würde sagen, sie arbeitet hier nur widerwillig."

„Oder unter Zwang."

„Oder unter Zwang."

Ich starrte Bremer an, ohne etwas zu sagen, mein Gesicht eine offene Frage.

Ihm entging meine Absicht nicht. „Was? Erwartest du, dass wir Ermittlungen aufnehmen? Vinnie, halte die Polizei nicht für naiv. Du warst doch selber mal eine von unserer Sorte. Natürlich wurde schon gegen Müller ermittelt. Aber der Typ ist aalglatt. Bisher konnte ihm nichts nachgewiesen werden."

„Clarissa dürfte ein Opfer sein. Warum bestellt ihr sie nicht einfach mal zur Vernehmung ein?"

„Vinnie..."

Ich winkte ab. „Ja, ich weiß. Die Mädels haben alle saubere Papiere. Sauber gefälscht von erstklassigen Zinkern. Wenn sie nicht von sich aus etwas erzählen, seid ihr machtlos. Und vor lauter Angst werden sie natürlich nichts erzählen."

„Und dann gibt es immer noch diejenigen, die freiwillig einen Job in der Branche übernehmen."

Ja, die gab es tatsächlich. Ich wusste, dass Bremer Recht hatte, es war schwierig für die Polizei, gegen Leute wie Müller vorzugehen. Trotzdem war es frustrierend, dass gar nichts geschah.

Ich ließ meinen Blick schweifen. Clarissa lief immer noch zwischen den Tischen herum, servierte ihre Getränke und ließ sich befummeln. Das Erschreckende war, dass sie dabei keine Gefühlsregung zeigte, weder Hass noch Ekel. Sie zeigte nur das schlimmste aller Gefühle: Gleichgültigkeit. Die Verzweiflung eines Mädchens, das alle Hoffnung aufgegeben hatte.

Clarissa tat mir leid, und so traf ich eine Entscheidung. Ich stand auf und sagte zu Bremer: „Ich gehe mal den Lidstrich nachziehen."

Er lachte nur. Wahrscheinlich dachte er, dass ich zu viel *Pretty Woman* gesehen hätte. Aber ich wollte gar nicht zur Toilette. Nicht wirklich, jedenfalls. Ich ging auf Clarissa zu. „Entschuldige, wo geht's zum Klo?"

Sie deutete mit der Hand in einen dunklen Seitengang.

„Kannst du mich hinführen?"

„Nein", antwortete sie mit zittriger Stimme. „Ich muss arbeiten."

Mein Blick ging Richtung Bar. „Sag dem da hinten, ich hätte dir einen Hunderter für eine kleine Nummer geboten. Und sag ihm, wenn er einen Hunderter zahlt, käme auch eine *ménage à trois* in Frage."

Das Mädchen blickte erst verständnislos, wandte sich dann aber um und ging zur Bar, während ich mich auf den Weg zu den Toiletten machte. Der Gang, der dorthin führte, war dunkel, und ein dunkles Loch war auch die Toilette selbst. Ein Ort, den man am besten nicht allein aufsuchte. Eine nackte Glühbirne ohne Schirm, deren Leistung kaum mehr als vierzig Watt betragen konnte, war für den gesamten Raum zuständig, der außer zwei Waschbecken, die aussahen, als wären sie seit einer Woche nicht geputzt worden, drei Zellen aus billigem Sperrholz umfasste und mit noch billigeren Fliesen gekachelt war. Der schwache Lichtschein verdeckte gnädig den Dreck, der in den Ritzen und Kloschüsseln fröhliche Urstände feierte. Nur gut, dass ich kein Bedürfnis verspürte. Bevor ich mich auf eine dieser Schüsseln setzte, ließ ich lieber meine Blase platzen.

Clarissa war eine Minute später da, ohne Tablett. „Toni ist mit dem Quickie einverstanden. Aber den Dreier sollen Sie sich in den A..."

„Danke." Ich hob die Hand. „Ich weiß, was du sagen willst."

Dann begann Clarissa, ihr Höschen auszuziehen. Unwillkürlich fiel mein Blick auf ihre Scham. Sie war rasiert. Ich griff nach ihrem Arm. „Warte. Zieh das Ding wieder hoch."

„Aber ich dachte ..." Sie starrte mich irritiert an, zog das Höschen aber wieder dahin, wo es hingehörte.

Ich reichte ihr einen Hunderter. Es tat mir weh, aber ich hatte mich selbst da hineingeritten. „Ich will keinen Sex. Ich will nur mit dir reden. Gibt es hier *son et lumière*?"

Clarissas Gesicht verzog sich zu einem Fragezeichen.

„Gibt es hier auf dem Klo versteckte Kameras oder Mikrofone?"

Sie schüttelte den Kopf. Ungläubig starrte sie auf den Hunderter in ihrer Hand und ließ ihn schließlich zwischen ihren Beinen verschwinden.

„Ich heiße übrigens Lavinia. Hör zu, Clarissa. Ich weiß, dass du nicht freiwillig in diesem Laden arbeitest."

„Doch", sagte sie. Doch ihre Stimme und ihre Körperhaltung zeigten selbst dem psychologischen Laien, dass sie log. „Ich habe mich beworben. Herr Müller zahlt mir einen anständigen Lohn."

„Und der Papst ist Atheist."

„Was?"

„Ich glaube dir kein Wort. Zufriedene Arbeitnehmer sehen anders aus."

„Doch. Ich werde anständig behandelt. Ich habe eine Wohnung, die ich mit drei anderen Mädchen teile."

„Und die du nicht verlassen darfst, wenn du dienstfrei hast. Habe ich Recht? Clarissa, ich weiß, wie diese Dinge laufen. Manche von euch werden angelockt, andere werden mit Gewalt in den Dienst gepresst. Ich glaube, du gehörst zur zweiten Sorte."

„Sind Sie von der Polizei?" Ihre Augen und ihre Stimme zeigten jetzt nackte Angst.

„Nein, ich bin Privatdetektivin. Und ich bin auch nicht wegen dir hier. Ich jage Johann Müller.

Dein Chef steht im Verdacht, Drahtzieher mehrerer Morde zu sein."

Clarissa stieß einen leisen Schrei aus und hob eine Hand an den Mund.

„Wie alt bist du?"

„Achtzehn."

„Und in Wirklichkeit?"

Sie schwieg ein paar Sekunden, als wäge sie die Risiken ab, die mit der Antwort verbunden waren. Doch schließlich antwortete sie. „Fünfzehn. Nächsten Monat."

„Was treibt so ein junges Ding wie dich dazu, für solch ein Arschloch zu arbeiten? Du tust es nicht freiwillig, richtig?"

Clarissa verschränkte die Arme vor der Brust und senkte den Kopf.

Ich legte meine Hände auf die nackten Schultern des Mädchens. „Ich will dir nichts tun, Clarissa. Vielleicht kann ich dir sogar helfen. Warum erzählst du mir nicht deine Geschichte?"

In Clarissas Augen sammelte sich das Wasser. Ich gab ihr ein Taschentuch. Nach einer Minute des Überlegens schien sie zu einem Entschluss gekommen zu sein. Ihre Stimme war leise, als spräche sie zu sich selbst, doch ich verstand jedes Wort. Automatisch wanderte meine rechte Hand in meine Tasche.

„Ich bin aus dem Heim ausgerissen. Mit zwölf. Hatte diese Scheiße da satt und wollte frei und unabhängig sein. Ein paar Tage bin ich durchs

Land gestromert, habe unter Brücken geschlafen und geklaut. Einmal hätten mich fast die Bullen erwischt. Dann kam der Winter. Draußen schlafen ging nicht mehr, und im Obdachlosenheim hätten mich früher oder später die Bullen erwischt. Ich war kurz davor, ins Heim zurückzugehen. Da sprachen mich diese Kerle an. Später hab ich erfahren, dass sie mich schon einige Tage beobachtet hatten und nur warteten, bis ich weich genug war. Sie sagten, wenn ich für Müller arbeiten würde, hätte ich ausgesorgt. Gutes Einkommen, eine schicke Wohnung, ein abwechslungsreiches Leben. Das hörte sich für mich wie der Himmel auf Erden an. Natürlich ahnte ich damals schon, worum es ging. Aber ich war verzweifelt genug, um von der Straße runterzukommen. Na ja, im Leben trifft man nun mal falsche Entscheidungen. Die kleine Wohnung war wirklich nicht schlecht, aber ich musste sie mit drei weiteren Mädchen teilen."

„Dasselbe Schicksal?"

Clarissa nickte. „Eine war sogar entführt worden. Also, kaum war ich angekommen, ging es auch schon los."

„Du meinst, mit der Prostitution?"

„Ja. Und ich war erst zwölf. Sie hielten uns in der Wohnung gefangen."

„Wie alt sind deine Mitbewohnerinnen?"

„Etwa so wie ich. Lisa ist die Älteste, sie ist schon siebzehn."

„Ihr werdet dort also gefangen gehalten?"

„Ja. Außer wenn ein Freier nach uns verlangt oder wir in den Klubs arbeiten müssen, kommen wir nicht raus."

„Wird die Wohnung bewacht?"

„Nein. Sie schließen sie von außen ab. Einmal ist es uns gelungen, auszubrechen. Aber sie haben uns fast sofort erwischt. Diese Schweine. Sie haben uns geschlagen und vergewaltigt. Und mit Elektroschocks gefoltert. Lisa bekam davon eine Eileiterentzündung. Totaloperation. Sie wird niemals Kinder kriegen können. Danach haben wir nie wieder einen Ausbruchsversuch gewagt."

Ich war erschüttert. Dass es in diesem Milieu so hart zuging, hatte ich nicht gewusst. Im Übrigen wunderte mich nicht, dass der Ausbruchversuch fehlgeschlagen war. Ich war sicher, dass die Wohnung mit versteckten Kameras gespickt war, auch aus anderen Gründen. Aber davon sagte ich Clarissa nichts. Meine nächste Frage war rhetorisch. „Und freiwillig lässt Müller euch nicht gehen?"

„Nicht ums Verrecken. Hin und wieder hört mal eine auf. Man sieht sie nie wieder. Ich will gar nicht wissen, was mit ihnen passiert. Müller ist das größte Dreckschwein, das es gibt. Aber ich kann nichts machen. Ich bin verloren." Tränen rannen über ihre Wangen. „Können Sie mir helfen?"

Selbst wenn ich es nicht vorgehabt hätte, jetzt musste ich. Zärtlich strich ich ihr übers Haar. „Ich glaube schon. Kennst du die Männer, die zu Müllers engstem Kreis gehören und neue Mitglieder für eure bezaubernde Truppe werben?"

Sie schüttelte den Kopf. „Nein. Es gibt mehrere Teams. Wenn die Mädchen erst bei Müller sind, haben sie nur noch Kontakt zu den Schlägern."

„Hast du etwas von den beiden Morden mitbekommen?"

Clarissa hatte nichts davon gehört. Ich berichtete ihr in Kurzform und beschrieb die beiden Opfer so gut ich es konnte; aber Clarissa zeigte nicht die Spur des Erkennens.

„Kennst du Namen? Hast du mal aufgeschnappt, wie die Kerle heißen, die zu Müllers Dunstkreis gehören?"

Wieder verneinte sie, und auch als ich die Namen der beiden Ermordeten nannte, rührte sich bei ihr nichts.

„Na schön, belassen wir es dabei. Geh jetzt wieder an deine Arbeit."

Clarissas Hand ging zu ihrem Höschen. „Das Geld ..."

„Behalt das Geld. Wahrscheinlich musst du es ohnehin abliefern."

„Holen Sie mich hier raus?" Die Augen des Mädchens flehten mich an.

Ich nickte. „Ich verspreche es."

Als Clarissa gegangen war, griff ich in meine Tasche, holte das Diktiergerät hervor, überzeugte mich, dass es die ganze Zeit gelaufen war, schaltete es aus und steckte es wieder zurück. Wahrscheinlich würden Müllers Anwälte das Band in der Luft zerpflücken. Unwahre Behauptung. Dem war nicht zu widersprechen, aber vielleicht reichte es für Anfangsermittlungen der Staatsanwaltschaft.

Bremer sah ungeduldig auf seine Uhr, als ich an meinen Platz zurückkehrte. Toni, der Barmann, warf mir misstrauische Blicke zu. Ich setzte mich und trank die Cola aus, deren Kohlensäure sich schon halb verflüchtigt hatte.

„Warum braucht ihr Weiber immer eine halbe Ewigkeit fürs Klo?"

Ich lächelte und stand auf. "Ich muss gehen. Gute Nacht, Horst."

Er erhob sich ebenfalls. „Schade. Ich hatte gehofft, wir könnten noch einen Absacker nehmen."

„Die Idee ist nicht schlecht. Wenn ich's mir recht überlege, hätte ich auch Lust auf eine Nacht mit dir. Nur, dann müsste ich mich dermaßen mit Schmerzmitteln zudröhnen, dass ich keinen Spaß mehr hätte. Tut mir leid, Horst. Ein anderes Mal ganz bestimmt." Das meinte ich ehrlich.

Bremer nickte und grinste. „Wär mal eine Alternative. Willenlos habe ich dich noch nie erlebt."

Ich gab ihm einen Kuss auf die Wange und wandte mich zum Gehen.

„Ach, Vinnie", rief Bremer mir hinterher. „Hatte ich dir schon gesagt, dass Eva Müller-Wortmann einen Lover hat?"

13

Eva-Maria Müller-Wortmann machte einen besseren Eindruck als beim letzten Besuch. Ihr Gesicht wirkte frisch und ausgeruht und wies nicht die Spur einer Träne auf. Auch ihre Körperhaltung wirkte entspannter und offener, und es fehlte die defensive Geste der Selbstaufgabe. Mit einem freundlichen Lächeln und strahlenden Augen betrat sie das Besuchszimmer.

Ich stand auf und trat ihr entgegen, reserviert, abwartend, ohne ihr die Hand zu geben. „Hallo, Eva. Es scheint dir gut zu gehen."

„Danke, ja. Ich habe eine Einzelzelle und die Wärterinnen passen auf mich auf. Außerdem hat mein Anwalt dafür gesorgt, dass ich besseres Essen bekomme."

„Aha, also eine Luxusgefangene, sozusagen."

„Und noch etwas, Lavinia. Er deutete da etwas an. Nichts Konkretes, aber das Gewese, das er machte, lässt Hoffnung zu."

„Na sieh mal einer an. Kommst du frei?" Ein aufmerksamer Beobachter hätte den leichten Anflug von Zynismus in meinen Worten entdeckt, doch Evas Euphorie ließ sie nicht checken, dass meine Laune nicht so gut war.

„Wer weiß? Wie gesagt, er hat nichts gesagt. Aber er deutete an, dass sich neue Entwicklungen ergeben hätten." Dann verengten sich ihre Augen, wobei das hoffnungsvolle Lächeln blieb. „Du hast nicht zufällig etwas damit zu tun?"

Ich wollte mich nicht mit fremden Federn schmücken. Außerdem war es an der Zeit, die Katze aus dem Sack zu lassen. „Eva, hör zu. Ich bin ein bisschen sauer auf dich."

Das *bisschen* war geschmeichelt, aber ich wollte nicht mit der Tür ins Haus fallen. Dennoch verschwand Evas Grinsen. „Warum?"

„Ich fühle mich von dir verarscht. Du sagtest mir, dass du die Stunden vor Mitternacht außer Haus verbracht hättest, wolltest mir aber nicht sagen, wo. Gestern traf ich einen Kriminalbeamten, mit dem ich ein nettes Gespräch hatte. Und der sagte mir, du hättest einen Geliebten."

Evas freundlicher Gesichtsausdruck schwand vollends und machte einer erschreckten Blässe Platz. Stumm, mit abwesendem Blick, setzte sie sich auf einen der Stühle. Ihre Stimme war leise und gebrochen, als sie antwortete. „Dann ist es also kein Geheimnis mehr."

Ich setzte mich ihr gegenüber. „Also stimmt es. Warum hast du mir das verschwiegen?"

„Was sollte ich denn machen?" Ihre Stimme wurde laut und nahm wieder den weinerlichen Klang an, den ich bereits von gestern kannte. „Sollte ich damit hausieren gehen? Was hättest du an meiner Stelle getan? Versetz dich in meine Lage. Mein Mann hat nächtliche Treffen, von denen ich annehmen muss, dass er sie mit einer anderen

Frau verbringt. Dann wird er ermordet. Wenn ich zugegeben hätte, dass ich einen Liebhaber habe, hätte mich die Polizei doch sofort verhaftet."

„Was sie ja auch getan hat. Und du hast ihnen das denkbar beste Motiv für einen Mord geliefert."

„Außer dass ich es nicht war."

Schweigen. Während ich nachdachte, weinte Eva still vor sich hin. Nach einer unendlichen Minute fuhr ich fort.

„Du hast mich hintergangen, Eva. Warum hast du mich engagiert? Es ging dir doch gar nicht um Walter. Es gab keine Anzeichen, dass er eine andere hatte. Und du wusstest das. Du hast mich mit Absicht engagiert. Um deine eigene Affäre zu vertuschen. War es nicht so, Eva? Ich war nur Mittel zum Zweck. Um von deiner eigenen Liebschaft abzulenken. War es nicht so, Eva?"

Eva blickte zu Boden und schwieg.

„War es nicht so?" Ich schrie die Worte und schlug mit der flachen Hand auf den Tisch, dass die Wärterinnen aufmerksam wurden und mahnend herübersahen.

Eva zuckte zusammen. „Ja", schrie sie, ebenso laut wie ich. „Ja, so war es. Ich gebe es zu. Ich habe Theater gespielt. Und es tut mir leid. Und jetzt, wo ich weiß, dass Walter keine Geliebte hatte, tut es mir auch leid, ihn betrogen zu haben. Ich liebte Walter. Aber ich bin eine Frau. Ich habe Bedürfnisse. Er hat mich die letzten Monate nicht angerührt, kaum angesehen. Ich wollte nicht, dass sich

Spinnweben zwischen meinen Beinen bilden. Es juckt mich nun mal da unten, und ich brauche jemanden, der das Jucken beseitigt. Außerdem musste ich doch annehmen, dass Walter mich betrügt."

Ich sah in Evas große feuchte Augen. „Wie heißt er?"

„Wozu musst du das wissen?"

„Weil er dein Entlastungszeuge ist, verdammt noch mal."

„Sein Name tut nichts zur Sache. Ich will ihn da nicht mit hineinziehen. Nicht einmal mein Anwalt ahnt etwas von seiner Existenz. Das braucht er auch nicht. Ich komme auch so frei."

„Na, wenn du meinst." Ich stand auf und begann, im Raum auf und ab zu laufen.

„Er ist ein Geschäftspartner meines Mannes", begann Eva unvermittelt. Ihr Gesichtsausdruck wurde abwesend und ihre Stimme geriet ins Schwärmen. „Ich lernte ihn vor einigen Wochen kennen, als Walter ihn mit nach Hause brachte. Es hat sofort zwischen uns gefunkt. Er ist zwanzig Jahre jünger als ich und ein Gott im Bett. Ein richtiger Hengst, wenn du weißt, was ich meine. Noch nie hatte ich jemanden wie ihn. Schon sein Vorspiel bringt mich zum Orgasmus. Und wenn er dann in mich eindringt, ist es wie Weihnachten. Die Glocken beginnen zu klingeln, Musik ertönt in meinem Kopf und wohlige Schauer rennen durch meinen Körper. Und wenn es vorbei ist, beginnt er von vorn. Und wieder bringt er mich zur Explosion. Manchmal schafften wir es drei Mal. So ein Mann ist mir noch nie begegnet. Ich liebte Walter, aber so etwas hat er nie mit mir gemacht."

Ich zeigte ihr nicht, wie beeindruckt ich war. Ich war sogar neidisch, aber hier ging es um mehr. Ich musste hart bleiben. „Ich frage dich noch einmal, Eva. Wie heißt er?"

Sie barg ihr Gesicht in ihren Händen. „Nein, ich kann es dir nicht sagen."

Es wurde Zeit, sie auf gewisse Ungereimtheiten aufmerksam zu machen. „Hat er dich eigentlich schon hier besucht?"

Sie wurde still. Dann nahm sie ihre Hände herunter und blickte mich mit blassem Gesicht an, als wurde ihr bewusst, dass etwas Schlimmes mit ihr geschah. „Nein", antwortete sie leise. Und gleich darauf, etwas zuversichtlicher, trotzig: „Er wird nicht wissen, dass ich hier bin."

„Träum weiter, kleine Eva."

Sie sprang auf und griff mit beiden Händen nach meiner Schulter. „Lavinia. Warum sagst du so etwas? Es kann doch sein, dass er keine Ahnung hat, was meine Situation betrifft."

„Eva, es stand in den Zeitungen. Es war im Lokalfernsehen. Nur ein tauber Blinder kann nicht wissen, dass du im Gefängnis bist."

Eva schrumpfte von einer Sekunde zur anderen um zehn Zentimeter. Kopf und Schultern fielen nach vorn, Tränen liefen über ihre Wangen, während sie Argumente aufzählte, an die sie selbst nicht glaubte. „Er ist sehr beschäftigt. Er hat nämlich gerade ein Projekt am Laufen. Deshalb hat er bestimmt keine Zeit, mich jetzt zu besuchen. Vielleicht hat er es auch deshalb noch nicht gehört; er hatte einfach keine Zeit für Fernsehen und Zeitung. Er wird mich bestimmt wieder zu Hause besuchen."

Ich ging zu ihr hinüber und legte ihr die Arme auf die Schultern. Mit meinem Zeigefinger hob ich ihr Gesicht an und sah sie tröstend an. „Sag mir seinen Namen. Wie heißt er? Wo wohnt er?"

Ihr feuchtes Gesicht starrte mich an wie ein Zombie. „Er wird kommen. Er liebt mich. Er lässt mich nicht im Stich."

„Sein Name, Eva. Und seine Adresse."

Sie wandte sich ab. Ihr Blick ging zum Boden. Sie wirkte geistesabwesend, als befände sie sich in einer anderen Welt. „Ralf lässt mich nicht im Stich. Er braucht es genauso wie ich."

Ich fragte nicht, was sie mit *es* meinte und warum sie *es* sagte und nicht *mich*. Stattdessen holte ich mein Notizbuch hervor. „Ralf hat dich schon im Stich gelassen. Er wird nicht kommen. Der Name, Eva."

Sie stützte die Arme auf die Knie und strich sich müde das unfrisierte Haar aus dem Gesicht. Mit kaum wahrnehmbarer Stimme murmelte sie schließlich: „Ralf Berger."

Ich schrieb. „Und die Anschrift?"

Eva nannte eine Adresse in Minden, die ich ebenfalls sorgfältig notierte. Dann steckte ich das Notizbuch ein, gab Eva ein neues Tempo und klopfte ihr beruhigend auf die Schulter. „Vergiss Ralf. Ich hole dich hier raus."

Sie blickte mir nicht nach, als ich ging. Eine gebrochene Frau saß zusammengesunken auf ihrem Stuhl und hatte nicht einmal mehr genügend Energie für weitere Tränen. Mit diesem Bild vor Augen verließ ich den Besucherraum.

Ich befand mich im Vorraum, als eine Gestalt hereinkam, der jeder, der es konnte, aus dem Weg ging.

„Frau Borowski. Welche Überraschung, Sie hier zu sehen", sagte KHK Habermann von der Mordkommission. „Ich hoffe, Sie sind nicht nur zu Besuch hier."

Nach einem kurzen Moment der Erstarrung fand ich mein Gleichgewicht wieder. „Herr Habermann. Ich kann nicht leugnen, Sie wiedererkannt zu haben. Arroganz und Vorverurteilungen scheinen Ihr Markenzeichen zu sein."

„Charmant wie Giftefeu. Genauso wie ich Sie in Erinnerung habe. Ich schätze, Sie geben mir nicht die Befriedigung zu sagen, dass Sie hier einsitzen."

„Danke gleichfalls. Leider muss ich Ihnen mitteilen, dass ich nur eine Klientin besucht habe."

„Eine Komplizin?"

„Klientin. Ich empfehle Ihnen die Lektüre des Dudens. Hoffentlich kann der gutmachen, was Ihre Lehrer bei Ihnen versäumt haben."

„Auch wenn die Staatsanwaltschaft Sie für unschuldig hält ..." Sein Finger zeigte auf meine Brust und berührte sie wie unbeabsichtigt. „Ich behalte Sie im Auge, Borowski."

„Jeder ist schuldig bis zum Beweis seiner Unschuld, nicht wahr, Habermann? Nach dieser Methode wurde offensichtlich auch meine Klientin eingesperrt."

„Die kleine Mörderin da drin? Eva Wortmann? Seien Sie froh, dass wir eine Täterin haben, oder wollen Sie vielleicht doch zugeben, dass *Sie* Wortmann ermordet haben?"

Mit dem falschesten Lächeln, dessen ich fähig war, ging ich zur Tür. „Guten Tag, *Richter* Habermann."

„*Henker* Habermann, wenn wir schon Höflichkeiten austauschen."

Mehr konnte ich nicht verstehen. Gnädiger Weise schloss sich in diesem Moment die Tür.

Schnee lag in der Luft, als ich nach Minden fuhr. Der Himmel war grau und unfreundlich, die meisten Autos hatten Licht eingeschaltet. Als der gemietete Skoda die Außenbezirke Mindens erreichte, war es so weit. Die ersten Flocken fielen in zarten Andeutungen. Der Berufsverkehr war dicht wie immer, und es dauerte seine Zeit, bis ich das

Haus in der Bachstraße erreichte, in dem Ralf Berger seine Wohnung hatte. Das unscheinbare Zweifamilienhaus sah nicht nach Mietshaus aus. Offenbar lebten die Vermieter ebenfalls hier. Die Fassade war sauber verputzt und ordentlich gestrichen. Ein trotz des Winters gepflegter Garten sowie der saubere gepflasterte Hof ließen ahnen, dass es sich bei den Vermietern um Rentner handelte.

Ich parkte am Straßenrand. Im Freien schlug mir Kälte entgegen, und ich begann zu frösteln. Schnell lief ich über den kleinen Hof zur Eingangstür. Durch die eingebauten Fenster konnte ich in einen tadellos aufgeräumten Hausflur sehen. An der Wand stand eine riesige Vase mit Kunstblumen. Eine Treppe führte in den zweiten Stock. Das Türschild neben der Klingel zeigte zwei Namen. Berger hatte den Platz für das Obergeschoss bekommen.

Ich drückte den Klingelknopf und wartete. Als sich nach einer halben Minute nichts tat, klingelte ich erneut. Allmählich wurden meine Füße kalt. Nachdem auch das dritte Läuten keine Reaktion hervorrief, drückte ich den unteren Knopf, der den Namen Marowski trug. Dieses Mal erfolgte die Reaktion sofort. Eine Musterrentnerin erschien auf dem Flur und öffnete die Tür. Misstrauisch beäugte sie mich.

„Guten Tag", sagte ich. „Mein Name ist Borowski. Ich möchte zu Herrn Berger."

„Was wollen Sie denn von ihm?", fragte die Frau schnippisch, ohne sich vorzustellen.

Ich zeigte ihr meine Legitimation. „Ich bin Privatdetektivin. Meine Mandantin hat mich beauftragt, in einer Angelegenheit mit ihm zu sprechen."

„Dann versuchen Sie's mal auf dem Friedhof."

Ich zuckte zusammen. „Wie bitte?"

„Herr Berger ist tot, junge Frau." Der Ton der Vermieterin veränderte sich von Misstrauen zu Ärger. „Wissen Sie, wie viel Arbeit man hat, wenn einem der Mieter wegstirbt? Ich wusste gar nicht, dass es so viele Behörden gibt, die sich da einschalten. Und dann die Miete. Die kriegen wir jetzt auch nicht mehr. Dabei sind wir darauf angewiesen. Mein Mann und ich bekommen nur eine kleine Rente. Ohne die Miete reicht es kaum zum Leben."

Ich warf einen Blick auf das Klingelschild, bevor ich mich wieder der Frau zuwandte. „Frau Marowski, wann ist Herr Berger denn gestorben?"

„Die Polizei sagt, vor vier Tagen."

„Die Polizei?"

„Ja. Die Polizei hat uns die Nachricht von Herrn Bergers Tod überbracht. Er ist bei einem Unfall ums Leben gekommen. War ziemlich merkwürdig, das Ganze. Die Polizei tat so geheimnisvoll, als ob da nicht alles mit rechten Dingen zuging. Aber uns sagt man ja nichts. Wir sind ja nur die Vermieter."

„Bei einem Verkehrsunfall?"

Offenbar gab es für Frau Marowski nur eine Art von Unfall, denn ohne auf meine Frage einzugehen, fuhr sie fort. „Dass die jungen Leute aber auch immer so rasen müssen. Hat sich bei zu hohem Tempo überschlagen und das Genick gebrochen."

Ich überlegte. „Vor vier Tagen ..."

„Was?" Frau Marowski sah mich irritiert an.

„Ich habe nur laut gedacht. Dürfte ich mich in seiner Wohnung ein wenig umsehen?"

Frau Marowski legte die Stirn in Falten und trat einen Schritt nach vorn. „Ich weiß nicht, ob das in Ordnung ist. Sie sind schließlich nicht von der Polizei."

„Haben Sie oder Ihr Mann die Wohnung nach Bergers Tod betreten?"

„Natürlich. Sie gehört uns ja."

„Demnach sind Sie unbefugt in eine fremde Wohnung eingedrungen. Das ist Hausfriedensbruch, Frau Marowski." Es tat mir leid, diese Worte zu sprechen, aber ich musste sie weich kochen, um in die Wohnung zu gelangen.

„Großer Gott." Die alte Frau legte die Hand vor den Mund.

„Machen Sie sich keine Sorgen", sagte ich. „Ich werde Sie nicht anzeigen, wenn Sie mich in Bergers Wohnung lassen." Zuckerbrot und Peitsche.

„Ja, also, ich weiß nicht." Ihre Stimme fing an zu beben. „Gott, oh Gott, ich bin noch nie mit dem

Gesetz in Konflikt geraten. Ich hole besser meinen Mann."

Besser nicht. Ich legte meine Hand auf ihren Arm. „Frau Marowski, wir beide gehen jetzt da hoch und behalten dieses Geheimnis für uns. Ich will mich nur ein bisschen umsehen. Nichts verlässt seinen Platz. Sie passen auf, dass ich nichts durcheinanderbringe."

„Aber warum müssen Sie denn überhaupt in die Wohnung? Sie sagten doch, dass Sie Herrn Berger besuchen wollten. Und das geht ja nun nicht mehr."

„Meine Mandantin hat mich beauftragt, wichtige Dokumente bei ihm abzuholen. Wenn er sie mir jetzt auch nicht mehr persönlich geben kann, vielleicht sind die Papiere aber wenigstens noch da."

„Ich weiß nicht. Ich will doch lieber meinen Mann ..."

Bevor sie den Satz vollenden konnte, hatte ich sie am Arm gepackt und zog sie die Treppe hinauf. Am Ende der Treppe befand sich eine Tür. Ein Namensschild gab es nicht. Ich drückte die Klinke und blieb überrascht stehen, als die Tür sich widerstandslos öffnete. Auch Frau Marowski zeigte Verwunderung.

„Haben Sie nicht wieder abgeschlossen, nachdem die Polizei da war?"

„Doch. Mein Mann und ich sind nur einmal drin gewesen, nachdem der Polizist gegangen war.

Wir mussten doch wissen, ob Herr Berger Angehörige hat, die wir verständigen müssen."

„Nur einmal? Nicht mehr?"

„Ich schwöre es."

„Könnte es sein, dass Sie vergessen haben abzuschließen?"

Die alte Frau nahm eine abwehrende Haltung ein. „Niemals. Mein Mann und ich sind gewissenhafte Leute."

„Dann gibt es ja wohl nur eine Erklärung", sagte ich und trat ein. Die Bestätigung meiner Vermutung folgte auf dem Fuße. Der Wohnzimmerboden war übersät mit Papier. Sämtliche Schubladen waren aus den Schränken gerissen und zwischen die Papiere geschleudert worden. Im Schlafzimmer stand die Matratze senkrecht neben dem Bett. Im Bad war der Spiegelschrank geöffnet, der Deckel des Toilettenspülkastens lag auf dem Boden.

Frau Marowski schlug die Hände über dem Kopf zusammen. „Oh Gott, oh Gott. Einbrecher. Und wir haben nichts gemerkt."

Während ich durch den Papierteppich watete und die Blätter betrachtete, fragte ich: „Dieser Polizist, der Ihnen die Nachricht von Ralf Bergers Tod brachte, hat der sich Ihnen gegenüber eigentlich ausgewiesen?"

„Ja", antwortete die alte Frau jammernd. „Er hat uns seinen Dienstausweis gezeigt."

„Haben Sie die Schrift gelesen?"

„Nein. Er hatte den Ausweis in einer Lederhül-
le, die er kurz aufklappte und sofort wieder zu."

„Ja, so hätte ich es auch gemacht", sagte ich so
leise, dass Frau Marowski es nicht hören konnte.
Im Übrigen bezweifelte ich, dass sie wusste, wie
ein Polizeiausweis aussah. Laut sagte ich: „Ist die
Polizei danach noch einmal wiedergekommen?"

„Nein."

„Aber diesem einen Polizisten haben Sie Bergers Wohnung gezeigt."

„Ja. Wir haben zwar nicht verstanden, warum
das sein musste. Aber das hätte seine Ordnung,
hat er gesagt."

„Ist Ihnen in den letzten Tagen etwas Unge-
wöhnliches aufgefallen? Laute Geräusche vielleicht?"

„Sie meinen, ob wir einen Einbrecher gehört
haben? Nein, da war nichts. Nicht mal in der
Nacht, das hätte ich gemerkt; ich habe einen leichten Schlaf, wissen Sie?"

„Haben Sie in den Tagen nach Bergers Tod das
Haus mal verlassen?"

„Natürlich. Wir müssen doch unsere Einkäufe
erledigen."

„Das machen Sie und Ihr Mann gemeinsam?"
Sie nickte.

„Wie lange brauchen Sie dafür in der Regel?"

„Ja vielleicht zwei Stunden." Sie wurde nachdenklich. „Oh Gott, der Einbrecher hat uns beobachtet. Er hat gewartet, bis wir das Haus verlas-

sen, und dann ..." Sie presste eine Hand gegen ihr Herz. „Aber warum hat er nur Herrn Bergers Wohnung durchwühlt? Bei uns hätte er doch viel mehr finden können?"

Ich antwortete nicht. Mein Blick war auf den Boden gerichtet, wo Bergers Papiere verstreut lagen. Ein unscheinbares Blatt hatte meine Aufmerksamkeit erregt. Ich hob es auf, las es und steckte es, als Frau Marowski einen Moment wegsah, in die Tasche.

„Sagen Sie, Frau Marowski, war Herr Berger eigentlich alleinstehend?"

„Er war nicht verheiratet, wenn Sie das meinen. Aber er hatte eine Freundin, die ihn ab und zu besuchte."

„Den Namen der Freundin kennen Sie nicht zufällig?"

„Nein. Ich habe sie auch nur ein paar Mal zu Gesicht bekommen. Herr Berger hat sie uns nie vorgestellt. Wir haben auch nie gefragt, wir sind ja nicht neugierig. Aber eines war merkwürdig."

„Was denn?"

„Herr Berger war ja noch ziemlich jung. Aber diese Freundin ... Meine Augen sind nicht mehr so gut, aber ich schwöre Ihnen, die Freundin war älter als er. Die war garantiert über vierzig."

Wenn du wüsstest, was sie noch war, dachte ich. „Nun gut, Frau Marowski, ich will Sie nicht länger aufhalten. Danke, dass Sie mir die Wohnung gezeigt haben."

„Haben Sie die Dokumente gefunden, die Sie Ihrer Klientin besorgen sollten?"

„Nein. Ich werde wohl an anderer Stelle weitersuchen müssen."

„Was soll ich denn jetzt mit der Wohnung machen?"

„Rufen Sie die Polizei, dann können Sie Ihrer Versicherung gegenüber einen Schaden melden, wenn etwas beschädigt worden sein sollte."

Ich verabschiedete mich schnell. Kaum stand ich auf der Straße, ging mein Telefon.

„Lavinia, hier ist Senta. Bei mir wurde eingebrochen."

14

Senta trug ihre Schwesterntracht, als sie die Tür öffnete. Ihr Gesicht war gerötet. Ihr sonst glattes Haar war zerzaust und sah aus, als wäre sie vor Nervosität mit den Händen hindurchgefahren. Ihre Mimik wirkte angespannt. Ich nahm sie in den Arm und tätschelte ihr tröstend den Rücken.

„Danke, dass du gekommen bist, Lavinia. Ich bin mit meinen Nerven am Ende."

„Hast du schon die Polizei gerufen?", fragte ich und ließ sie los.

„Nein. Ich wollte dich zuerst hier haben." Sie führte mich in die Wohnung. Mir bot sich der gleiche Anblick wie in Minden. Schränke waren durchsucht worden, Papiere bedeckten den Boden.

„Ich komme gerade von meiner Schicht. Und als ich die Haustür öffne, trifft mich der Schlag. Das totale Chaos."

„Ist etwas gestohlen worden?"

„Soweit ich das überblicken kann, nicht. Geld habe ich sowieso nicht im Haus. Und Schmuck besitze ich nicht. Was wollten die bloß?"

„Vielleicht haben sie etwas gesucht."

„So ein Durcheinander. Ich werde Stunden brauchen, bis ich das aufgeräumt habe. Zum Glück scheint nichts beschädigt zu sein."

„Warum gehst du nicht in die Küche und kochst uns einen Tee? Das wird dir helfen, wieder herunterzukommen."

Senta nickte und verschwand in der Küche. Währenddessen tänzelte ich durch das Papiermeer, hockte mich nieder, las das eine oder andere Blatt, ging weiter, las wieder. Sorgfältig suchten meine Augen die Räume ab. Ich war gerade fertig, als Senta mit dem Tee kam. Ich blickte auf und sagte: „Ich habe nach Spuren der Einbrecher gesucht."

„Und? Hast du was gefunden?", fragte Senta, während sie den Tee einschenkte.

Ich schüttelte den Kopf. „Nein, das waren Profis."

Wir setzten uns auf die Couch, die unverrückt auf ihrem Platz stand, und tranken unseren Tee.

„Muss ich überhaupt die Polizei rufen?", fragte Senta, als sie ihre leere Tasse auf den Tisch stellte.

Ich zuckte die Achseln. „Wenn nichts beschädigt ist und du keine Versicherungsansprüche geltend machen willst, kannst du dir den Anruf eigentlich sparen. Sie werden dir wahrscheinlich eine Menge unangenehmer Fragen zu Rainer stellen und die Einbrecher doch nicht finden."

„Wahrscheinlich hast du Recht. Ich wusste doch, dass es gut war, zuerst dich anzurufen."

„Natürlich war das richtig." Ich legte meine Hand auf Sentas Rechte. „Ich habe sogar eine Ahnung, wer hinter dem Einbruch stecken könnte."

„Rainers Mörder?" In Sentas Augen trat ein feuchter Glanz.

„Ich fürchte, ja. Irgendwas haben sie gesucht. Vielleicht wollten sie sichergehen, dass Rainer kein belastendes Material hinterlassen hat."

„Werden sie wiederkommen?"

Ich schüttelte den Kopf. „Das glaube ich nicht. Wenn sie etwas gefunden haben, haben sie es mitgenommen. Wenn sie nichts gefunden haben, werden sie davon ausgehen, dass es in eurer Wohnung nichts gibt."

Nach einer weiteren Tasse Tee verschwand Senta im Bad, um eine Dusche zu nehmen und sich umzuziehen. Als sie wiederkam, sah sie aus wie ein Kanarienvogel. Der knallgelbe Jogginganzug schien aus dem letzten Jahrhundert zu stammen, passte aber irgendwie zu ihr. „Dann will ich mich mal an die Arbeit machen."

Ich half ihr. Aufmerksam musterte ich dabei jedes Blatt Papier, das mit Rainer zu tun hatte. Am Ende hatte ich drei Blätter mit handschriftlichen Notizen, die ich an die Seite packte. Als wir am Abend mit dem Aufräumen fertig waren, fragte ich Senta, ob ich die Notizen mitnehmen durfte.

„Natürlich. Wenn sie dir bei deinen Ermittlungen helfen ..."

„Das werden sie. Ich muss jetzt los. Ich ruf dich an."

Mit einer Umarmung verabschiedete ich mich von ihr. Am Nachmittag musste der Schnee, der vormittags in zarten Flocken gefallen war, eine Inflation erlebt haben. In den Gärten lag eine weiße Schicht, sodass man den Rasen und flachere Beete nicht mehr sehen konnte. Die Straßen waren nass und glitschig. Ich fuhr schön langsam und vorsichtig und kam zur Belohnung unversehrt an meinem Ziel an. Ich parkte den Skoda in einem Feldweg und lief den Rest des Weges zu Fuß.

Das Haus der Wortmanns lag völlig im Dunkeln, zumindest die Rückseite, die mich am meisten interessierte und die an ein kleines Wäldchen angrenzte. Die von der Straßenbeleuchtung erhellte Vorderseite mied ich. Im Vergleich mit den hell erleuchteten Fenstern der Häuser der Nachbarschaft wirkte das dunkle Haus der Wortmanns unheimlich.

Ich ging einen großen Bogen und näherte mich von der anderen Seite dem Wald. Die Bezeichnung Wald war übertrieben, handelte es sich doch lediglich um eine ordentlich gepflanzte Ansammlung von Kiefern, Tannen und Föhren. Nichtsdestoweniger bot das Gehölz die nötige Deckung und ermöglichte mir, mich dem Haus ungesehen zu nähern. Ich erkannte auf den ersten Blick, wie ich hineinkam.

Der Kellereingang an der Rückseite des Hauses bot mir keine Schwierigkeiten. Wie in vielen Häusern, so war auch bei dem Haus der Wortmanns die Kellertür die Schwachstelle; die Tür nämlich, die am wenigsten einbruchsicher war. Mit dem mir zur Verfügung stehenden Werkzeug hatte ich die Kunststofftür in weniger als einer Minute geöffnet. Mit einem letzten sichernden Blick nach draußen schlüpfte ich hindurch.

Es roch muffig. Den Grund dafür entdeckte ich, nachdem ich meine Taschenlampe eingeschaltet hatte. Offenkundig befand ich mich in der Waschküche. Saubere Wäsche hing an einer Leine, die von Wand zu Wand gespannt war. Schmutzwäsche lag auf dem gefliesten Boden vor einer Waschmaschine und müffelte vor sich hin. Unwillkürlich fragte ich mich, wer den Wortmanns die Wäsche machte. Eva sah jedenfalls nicht so aus, als würde sie sich mit banaler Hausarbeit abgeben.

Ich ließ die Waschküche hinter mir und schlich weiter. Von einem kleinen Flur zweigten weitere

Räumlichkeiten ab, die ich samt und sonders unbeachtet ließ. Meine Augen suchten und fanden das Ziel schnell: die Treppe, die ins Erdgeschoss führte. Ich trug flache Schuhe mit Kreppsohlen, die kein Geräusch verursachten, als ich die Steintreppe nach oben ging. Zwar war ich mir sicher, dass niemand im Haus war, aber wer konnte das schon mit hundertprozentiger Sicherheit sagen? Ich musste an Evas Schwester denken; es war nicht auszuschließen, dass Eva sie gebeten hatte, das Haus zu hüten.

Das Erdgeschoss war mir von meinem Besuch noch gut in Erinnerung. Was ich damals nicht zu Gesicht bekommen hatte, war Walters Arbeitszimmer. Es lag am Ende des Ganges, gegenüber von Küche und Wohnzimmer. Die Tür war nicht verschlossen. Meine Taschenlampe erhellte den Raum nur unvollständig. Dennoch konnte ich die Vertäfelung aus Edelholz und die teuren Ledersessel erkennen, die vor einer Regalwand aus dunklem Holz standen, die mit Hunderten von Büchern gefüllt war. Gegenüber der Bücherwand befand sich ein Regal, das Dutzende Aktenordner enthielt. Die Rückenschilder trugen Beschriftungen wie Haus, Auto, Bank, Versicherungen.

Ich trat näher und nahm einen der vier Versicherungsordner heraus, legte ihn auf den teuren Edelholzschreibtisch, leuchtete mit der billigen Taschenlampe und öffnete den Aktendeckel. Schnell blätterte ich den Ordner durch und tauschte ihn zwei Minuten später gegen den zweiten Ordner. Im dritten wurde ich schließlich fündig. Ich öffnete die Mechanik und entnahm ihm ein Blatt Papier, das ich sorgfältig in meiner Tasche verstaute. Danach stellte ich den Ordner in das Regal zurück.

Ich war schon im Begriff zu gehen, als ich, einem Impuls folgend, meinen Blick Walters Schreibtisch zuwandte. Es war ein schönes Stück, dunkles Mahagoni, soweit ich erkennen konnte, mit Ornamenten an allen vier Seiten. Ein kostbares Stück, sicher mehr wert als mein gesamtes Jahreseinkommen. Doch nicht der Wert des Möbelstücks war es, der mich anzog, sondern die Möglichkeiten, die seine Schubladen boten. In der Sparkasse hatte ich bemerkt, dass Wortmann während unseres Gesprächs kaum seinen Computer benutzt hatte, vielmehr war er mit Bleistift und Papier unterwegs gewesen. Das brachte mich auf den Gedanken, dass er auch zu Hause lieber auf die altmodische Weise arbeitete. Ich hatte Glück. Die Schubladen waren nicht verschlossen. Und gleich in der ersten fand ich ein ledernes Notizbuch. Warum überraschte es mich nicht, beim Durchblättern auf dieselben Abkürzungen zu treffen, die ich schon in Rainer Buschmanns Kalender gefunden hatte? Jetzt glaubte ich auch, ihre Bedeutung zu kennen. TM – Treffen Müller, ZT – Zahltag. Was Sinn ergeben würde. Und was Wortmanns plötzlichen Reichtum erklären würde.

Ich hatte genug gesehen. Ich legte das Buch zurück und schloss die Schublade. Mit der Lampe in der Hand leuchtete ich mir den Weg in den Keller zurück. Ich verließ das Haus auf demselben Weg, wie ich es betreten hatte. Allerdings konnte ich die Kellertür von außen nicht abschließen. Ich zuckte die Achseln und stieg die Treppe ins Freie hinauf.

Ich hatte gerade das Ende der Treppe erreicht, als lautes Hundegebell ertönte. Was ich hörte, war nicht das Bellen eines Schoßhündchens. Das Tier, das irgendwo dort draußen im Dunkel hockte, hatte das Organ einer Rasse vom Schäferhund aufwärts. Noch schlimmer war allerdings die Tatsache, dass das Bellen sich eindeutig näherte.

Ich fluchte und begann zu laufen. Ich hatte das Gehölz erreicht, ehe der Hund heran war. Im Hintergrund vernahm ich eine menschliche Stimme. „Wer ist da? Was haben Sie hier zu suchen? Bleiben Sie stehen. Ich rufe die Polizei."

Ich rannte weiter, bis ich an einen Bach kam. Ohne nachzudenken, sprang ich hinein. Ich watete durch das Wasser, bis ich an eine Brücke kam. Hinter einem Pfeiler bezog ich Stellung und beobachtete das Geschehen aus sicherer Entfernung.

Es war zu dunkel, um Einzelheiten zu erkennen, doch schien mir, dass der Hund etwa hundert Meter zurück am Ufer des Baches stand und verzweifelt schnüffelte. Anscheinend hatte er meine Spur verloren. Sein Herrchen näherte sich, fluchte, ging eine Weile am Ufer entlang, nahm den Hund

dann an die Leine und machte sich auf den Rück-
weg, immer noch fluchend, dass ihm der Eindring-
ling entkommen war.

Überaufmerksame Nachbarn waren mir schon
immer ein Gräuel. Aber die Sache war offenbar gut
für mich ausgegangen. Sicherheitshalber wartete
ich noch eine Viertelstunde in dem kalten Wasser.
Doch nichts rührte sich. Schließlich kroch ich, nass
bis zum Bauchnabel, aus dem Bach und machte
mich auf den Weg zum Auto.

Zu Hause nahm ich ein heißes Bad. Danach
machte ich mir einen Grog. Als ich mich aufge-
wärmt genug fühlte, legte ich mich ins Bett und
war schneller eingeschlafen als ich denken konnte.

Kalte Luft, die über mein Gesicht strich wie ein
eisiger Wind im Winter, weckte mich. Ich öffnete
die Augen und starrte in die Dunkelheit. Im nächsten Moment legte sich etwas auf mein Gesicht und
drückte mich aufs Bett. Mein Schrei erstickte unter
dem eisernen Griff einer Hand, die mich festhielt.
Weitere Hände schlugen die Bettdecke beiseite
und rissen mir den Pyjama vom Körper, während
ich strampelte und den Angriff mit den Beinen
abzuwehren versuchte. Vergeblich. Bevor ich meine Boxkenntnisse anbringen konnte, drang eine
Nadel in meinen Hals, und in derselben Sekunde
schwanden mir die Sinne. Und schon war ich wieder in Morpheus' Armen.

Das Erste, was ich spürte, als ich wieder zu mir kam, war die Kälte. Ich stand aufrecht, meine nackten Füße berührten eiskalte Erde. Der Himmel war klar, Mond und Sterne spendeten genügend Licht, um mich erkennen zu lassen, dass ich dort war, wo alles angefangen hatte. Dieses Mal war es jedoch ich selbst, die gefesselt an dem Pfahl stand, an dem Tage zuvor die Leiche von Walter Wortmann mit dem Kopf nach unten und mit aufgeschlitzter Kehle gehangen hatte. Insofern hatte ich wohl Glück, denn wie gesagt, stand ich mit den Füßen am Boden und meine Kehle fühlte sich – soweit ich bei der Kälte überhaupt noch etwas fühlen konnte – unversehrt an.

Je mehr mein Verstand zurückkam, desto deutlich wurden die Einzelheiten. Dass ich fror, war kein Wunder, denn bis auf mein Höschen war ich nackt. Mein Körper zitterte, sobald ich diese Tatsache registriert hatte. Die eisige Nachtluft tat ein Übriges. Dass das Frieren nicht die einzige Grausamkeit war, die mich hier erwartete, wurde mir klar, als ich die vier Männer sah, die, in dicke Wintermäntel und Moleskinmützen gehüllt, vor mir standen und warteten, dass ich ansprechbar war. Noch klarer wurde es mir, als ich in einem der vier Jabba the Hutt erkannte.

Dann ging es los. Einer der Kerle näherte sich jetzt und blieb einen halben Meter vor mir stehen, während Jabba und die beiden anderen sich im Hintergrund hielten. Im Dunkel der Nacht wirkte seine Gestalt groß und kräftig, auf jeden Fall stark genug, um mir weh zu tun. Er zog die Handschuhe aus und legte seine Hände auf meine Brüste. Langsam ließ er eine Hand tiefer gleiten, über den Bauchnabel bis zum Unterbauch. An der Kante meines Slips verhielt er einen Moment, als überlegte er, wie er fortfahren sollte. Dann glitt die Hand – wie nicht anders zu erwarten – in das Höschen, wo die kräftigen Finger auf Wanderschaft gingen. Das Spielchen dauerte nur kurze Zeit, dann zog der Mann die Hand zurück, roch daran und streifte die Handschuhe wieder über.

„Schade, dass du nicht für mich arbeitest", sagte er mit dunkler, ruhiger, befehlsgewohnter Stimme. „Du würdest mir großen Profit bringen. Wir könnten auch viel Spaß miteinander haben."

„Ihre Gegenwart bedeutet keinen Spaß, Müller", sagte ich. „Ihre schiere Existenz bedeutet Not und Elend für Ihre Mitmenschen. Und für einige bedeutet sie auch das vorzeitige Ende."

„Große Worte aus dem Mund einer kleinen Frau. Was weiß eine heruntergekommene Detektivin schon von der Wirtschaft? Es gibt Spielregeln, die man einhalten muss, sonst geht man unter."

„Ja, und da ist es besser, die anderen gehen unter, nicht wahr?"

Müller lachte. „Genau. Besser sie als ich. Ich bin Geschäftsmann. Ich muss meinen Laden am Laufen halten. Schließlich trage ich die Verantwortung für meine Angestellten. Kein Profit, kein Lohn.

Und ohne Lohn müssen sie hungern. Das willst du doch wohl nicht, Borowski?"

„Nein. Wer will ein solch soziales Verhalten verurteilen? Wer will die Banken verurteilen, die auf Nahrungsmittel spekulieren und Millionen Menschen dem Hungertod ausliefern? Wer will Johann Müller verurteilen, der ab und an einiger Mitarbeiter verlustig geht, die nicht mehr in der Spur sind? Kollateralschäden, nicht wahr? Alles zum Wohl der Firma und ihrer Angestellten."

„Dein Vergleich hinkt. Aber das mit dem Kollateralschaden stimmt. Jeder Erfolg bedeutet auch Opfer."

„Sogar in den eigenen Reihen. Wer nicht spurt, wird ebenfalls zum Kollateralschaden. Habe ich nicht recht, Müller?"

„Nun ja", sagte er und kratzte sich am Ohr. „In der Tat hat es in den letzten Tagen einige Verluste gegeben. Aber meine Firma ist gesund und kann sie verkraften."

Er trat wieder ganz nah an mich heran. Ehe ich mich versah, war seine Hand an meinem Kinn und sein Mund auf meinen Lippen. „Du schmeckst gut", sagte er, nachdem er sich mit lautem Schmatzen wieder gelöst hatte. „Auch da unten." Eine Taschenlampe leuchtete auf und bestrahlte meinen Körper. „Du siehst gut aus. Und dein Körper ist ebenfalls Klasse. Na ja, der Busen könnte ein bisschen größer sein, aber was soll's? Wirklich ein Jammer. Weißt du, was meine Jungs hier zu mir sagten, als wir dich holten? Boss, sagten sie, wenn du mit ihr fertig bist, dürfen wir sie dann haben?" Sein Kopf drehte sich in Richtung der drei Muskelpakete, die respektvoll in einigem Abstand zum Geschehen standen. „Ist es nicht so, Jungs?"

„Ja, Boss", kam es wie aus einer Kehle. Der Geifer war förmlich zu hören.

„Leider muss ich meine Jungs enttäuschen, Borowski. Und auch dich. Vielleicht stehst du ja auf Rudelbumsen. Aber ich muss auf meinen Ruf achten. Schweinkram gibt's bei mir nicht."

„Darauf wette ich", sagte ich.

Müller trat zur Seite. „Also, Jungs, macht eure Arbeit."

Einer der drei eilte herbei, stopfte mir ein Taschentuch in den Mund und fixierte es mit Wäscheleine. Wie zufällig glitten seine Hände dabei über meine Brüste. Als er fertig war, trat er beiseite und gesellte sich wieder zu den anderen.

„Unsere Wege haben sich zu oft gekreuzt, Borowski", sagte Müller. „Du wirst verstehen, dass ich das nicht einfach so hinnehmen kann. Wie ich schon sagte, muss ich dafür Sorge tragen, dass mein Laden läuft. Da ich dich nicht zu einer Mitarbeit bewegen kann, bleibt mir nur die zweite Lösung. Aber ich gebe dir eine Chance. Ich mag dich, Borowski. Du hast Chuzpe, das gefällt mir. Wenn andere den Schwanz einziehen, gehst du auf Angriff. Respekt. Und deshalb, finde ich, hast du eine Chance verdient. Jungs, wie spät ist es jetzt?"

Aus der Dunkelheit kam die Antwort. „Kurz vor fünf."

„Das heißt", fuhr Müller fort, „mit etwas Glück könnten die Anwohner dich rechtzeitig finden. Ich bin kein Mediziner, aber ich glaube, du hättest eine Überlebenschance, wenn es innerhalb der nächsten sechzig Minuten geschieht. Als ich zuletzt aufs Thermometer guckte, hatten wir minus fünf Grad. Natürlich wirst du dir den Arsch abfrieren. Vielleicht kriegst du auch Frostbeulen. Auf jeden Fall ziehst du dir eine Unterkühlung zu. Aber na ja, was sind schon sechzig Minuten? Die Möglichkeit des Überlebens besteht. Das ist mein Geschenk an dich. Wenn dich allerdings niemand findet ..."

Müller wandte sich ab. Ich sah zu, wie vier Gestalten in der Nacht verschwanden und mich meinem Schicksal überließen.

Ein Frühaufsteher mit seinem Hund fand mich eine Viertelstunde später, bei Bewusstsein, aber im Delirium. Die Ärzte im Krankenhaus diagnostizierten eine schwere Unterkühlung und leichte Erfrierungen, aber es gelang ihnen, meinen Körper zu retten. Ein Gutes hatten die Frostschäden: Sie überlagerten die Schmerzen, die mir Müllers Schläger vor ein paar Tagen geschenkt hatten. Zwei Tage hielt ich es im Krankenhaus aus. Dann entließ ich mich wieder selbst.

15

Mitten in der Nacht klingelte der Wecker. So dachte ich jedenfalls, als das nervende Rasseln mich weckte. Als ich auf die Anzeige blickte, stellte ich jedoch fest, dass schon Tag war. Halb sieben, um genau zu sein. Trotzdem hatte ich mit meiner ersten Einschätzung auch ein bisschen recht, denn im Winter ist halb sieben eigentlich noch Nacht: die Dunkelheit, die Kälte ... Ich schüttelte den Kopf und sah ein, dass philosophische Betrachtungen mich nicht weiterbrachten. Der Tag war da und forderte seine Rechte.

Ich verließ das Bett nur widerwillig, aber immerhin verließ ich es. Im Bad setzte ich mich zunächst auf die Schüssel und ließ die beiden Bierchen raus, die ich mir gestern Abend gegönnt hatte. Gefühlte zwei Kilo leichter stellte ich mich auf die Waage, die ein zufriedenstellendes Ergebnis anzeigte. Dann kam der Spiegel an die Reihe. Ich nahm meinen Mut zusammen und betrachtete meinen Körper. Die Schwellungen waren fort, geblieben war eine leichte Tönung in Blau und Gelb. Vorsichtig tastete ich mich ab. Dann ein zweites Mal, stärker. Es war auszuhalten. Sogar meine Rippe lächelte mir entgegen und sagte *Alles gut.* Dann lächelte ich mir selbst entgegen und sagte in den Spiegel: „Alles gut." Nach einer Katzenwäsche schlüpfte ich in meinen Jogginganzug. Zehn Minuten später lief ich schon durchs Moor, lief erst zwei

Kilometer und hängte dann noch einen weiteren an, als ich merkte, dass der Restschmerz durchaus zu ertragen war. Zurück zu Hause absolvierte ich einige Gymnastikübungen, frühstückte und duschte. Um neun sagte ich dem Tag endgültig Hallo und verließ das Haus.

Ich hatte heute volles Programm. Zuerst holte ich meinen reparierten Wagen aus der Werkstatt ab. Danach kaufte ich neue Büromöbel, worüber sich die Sparkasse freute. DJ und Charlie halfen mir beim Aufbauen. Am Mittag war mein Büro wieder ein Büro, ohne Spuren der Zerstörung, fast wie neu. Es würde eine Freude sein, hier zu arbeiten. Aber soweit war es noch nicht, es gab wichtige Tagesordnungspunkte außerhalb des Büros. Nachdem wir gemeinsam bei McDonalds in Lübbecke gegessen hatten, verabschiedete ich mich von meinen Freunden und fuhr nach Gehlenbeck, Zielpunkt: Friedhof. Es war der Tag der Beisetzung von Rainer Buschmann. Ich hatte Senta versprochen zu kommen. Aber meine Anwesenheit diente auch einem anderen Ziel: Vielleicht würde ich die eine oder andere verdächtige Gestalt sehen und Ansatzpunkte für weitere Ermittlungen finden, obwohl der Drahtzieher in meinen Augen feststand.

Aufmerksam beobachtete ich die Trauergäste, von denen es um die vierzig gab. Es schien sich ausnahmslos um Freunde und Verwandte zu handeln. Kein Gesicht ähnelte denen, mit denen ich in den letzten Tagen unangenehme Bekanntschaft gemacht hatte. Die Trauerrede war kurz und inhaltlos; der Pfarrer gab sich keine große Mühe. Aber nach dem, was Senta erzählt hatte, hatte Rainers Leben ohnehin nicht viele Höhepunkte besessen. Als ich der Familie am Grab kondolierte, bat Senta mich, zum Kaffee zu bleiben. Ich lehnte ab. Ich wünschte ihr alles Gute, sah noch zu, wie die Trauergemeinde sich auflöste und freudig dem Leichenschmaus entgegen ging, und fuhr dann los.

Die nächste Trauerfeier wartete.

Ich hatte Schwierigkeiten, einen Parkplatz zu finden. Ganz Ströhen schien sich auf dem Friedhof eingefunden zu haben. Die Parkplätze bei Buschendorf und bei der Sparkasse waren belegt, genauso die beiden Ränder der Preußisch-Ströher-Allee und der Kirchstraße, in der Eva wohnte. Ein Wagen mit der Aufschrift WDR parkte dicht vor der Kirche. Ich stellte den Focus schließlich in einem Feldweg ab, einen halben Kilometer vom Ort des Geschehens entfernt. Es war 16.01 Uhr, als ich die Kirche betrat. Die Orgel spielte bereits und der Pfarrer kam gerade zur Tür herein. Für mich gab es nur noch einen Stehplatz, und damit ging es mir genauso wie etwa zwanzig anderen Personen.

Der Ströher Pastor, ein großer bulliger, aber ruhiger Zeitgenosse, zeigte mehr Engagement als sein Gehlenbecker Kollege. Wollte man seiner Rede Glauben schenken, dann wäre Walter Wortmann zu Zeiten der DDR als Held der Arbeit ausgezeichnet worden. Nach schwieriger Kindheit in Armut – Mutter Hausfrau, ungelernt, Vater Säufer, arbeitslos – war es ihm gelungen, vom kleinen Sparkassenlehrling zum Leiter der Kreditabteilung aufzusteigen. Und hätte ihm das Leben noch weitere Jahre gegönnt, hätte er es sicher noch zum bis Vorstand gebracht.

Irgendwann hörte ich nicht mehr hin. Angesichts der Menschenmenge war es mir aber auch nicht möglich, bekannte Gesichter zu entdecken, zumal ich in der letzten Reihe stand und die Trauergäste mir den Rücken zuwandten. Nach einer Viertelstunde verließ ich die Kirche. Vor dem Ausgang stand das Fernsehteam. Ich ging auf die beiden Männer zu.

„Hallo. Was macht denn das Fernsehen hier?"

„Das ist doch die Trauerfeier für den Typen, der letzte Woche ermordet wurde, der Nordpunktfall", sagte einer der beiden, ein langmähniger Brad-Pitt-Typ mit einem Schreibblock in der Hand. „Wir senden es heute Abend in der Aktuellen Stunde."

„Was dagegen, wenn ich mich zu euch stelle? Ihr Jungs friert euch hier draußen bestimmt die Eier ab."

„Willst du sie uns wärmen?", fragte grinsend der dunkelhaarige, verwegen aussehende Kameramann, der mich an das Tier in Lou Grant erinnerte.

Ich betrachtete die beiden. Sie sahen wirklich gut aus und ich war nicht abgeneigt, der unausgesprochenen Bitte nachzukommen. Aber dies war nicht die Zeit und nicht der richtige Ort. Wir beließen es bei freundlichem Lächeln.

Wir mussten eine halbe Stunde warten, bis die Trauergemeinde die Kirche verließ. Als Erstes erschien auf einem Wagen der Sarg mit der Leiche Walter Wortmanns, begleitet von sechs Sargträgern mit Zylindern. Gleich dahinter folgte Eva, ohne Handschellen und Polizeischutz - eine freie Frau. Sie trug einen Schleier, sodass nicht zu erkennen war, ob sie weinte. Neben ihr ging ihre Schwester, an deren Seite ein Mann, der vermutlich ihr Gatte war. Die Schwester trug keinen Schleier, Tränen liefen über ihre Wangen und verschmierten die Schminke.

Ich musterte die Trauergemeinde genau. Einige Mitarbeiter der Sparkasse, deren Gesichter ich von meinem Besuch in Wortmanns Büro in Erinnerung hatte, waren darunter. Müller und sein Geschmeiß glänzten durch Abwesenheit.

Der Trauerzug bewegte sich langsam Richtung Grab. Nachdem der Pfarrer noch einige Worte von sich gegeben und die Trauergemeinde das Vaterunser gesprochen hatte, wurde der Sarg in die Erde gelassen. Der Posaunenchor spielte *Ich hatt' einen Kameraden*. Mir floss das Wasser nur so aus den Augen, aber Eva stand unbeweglich vor dem Grab, und auch wenn der Schleier alle ihre Gefühlsregungen verbarg, war ich sicher, dass keine Träne ihre Wange hinunterlief. Die Verwandten und näheren Bekannten defilierten an Eva und ihrer Schwester vorbei und sprachen ihnen ihr Beileid aus. Schließlich strebte die Menge dem Ausgang entgegen.

Ich löste mich von dem Fernsehteam, das immer noch filmte, und ging hinüber zu Eva, die sich nun ebenfalls Richtung Ausgang in Bewegung setzte. Als sie mich erblickte, blieb sie stehen. Sie lüftete den Schleier und ich blickte in ein frisches, entspanntes Gesicht, dessen Anzeichen von Trauer sich in Grenzen hielten.

„Lavinia. Wie schön, dass du gekommen bist."

Ich gab ihr die Hand. „Hast du Hafturlaub bekommen?"

Sie grinste. „Ich bin frei, Lavinia. Sie haben mich frei gelassen. Offenbar besteht kein hinreichender Tatverdacht mehr gegen mich."

„Ja." Meine Stimme verkrampfte sich, mein Mund wurde trocken. „Alles deutet auf diesen Bordellkönig hin, nicht wahr? Hast du was Neues gehört?"

„Nein. Die Polizei ermittelt immer noch. Anscheinend ist diesem Kerl nur sehr schwer beizukommen. Ich fürchte fast, dass Walters Tod ungesühnt bleibt."

„Das hoffe ich nicht", sagte ich eine Spur härter als beabsichtigt. Doch Eva schien nichts zu merken. „Weißt du schon, was du mit dem Geld aus Walters Lebensversicherung machst?"

Eva zögerte mit der Antwort. „Nun ja", sagte sie dann, „ich muss ja irgendwie auch davon leben. Aber vielleicht ist ja doch eine kleine Jacht drin."

„Und dann? Weltumseglung?"

Sie nickte eifrig. „Ja. Mein Jugendtraum. Zu Walters Lebzeiten haben wir nie die Zeit dafür gefunden."

„Was ist übrigens mit deinem Geliebten? Ist er nicht hier?"

„Das wäre wohl kaum der passende Zeitpunkt für ein Zusammentreffen", antwortete Eva scharf.

„Hat er dich im Gefängnis besucht?"

„Nein. Aber das heißt nichts. Er wird sicher warten, bis sich die Wogen geglättet haben." Sie zog den Schleier herunter und wandte sich zum Gehen. „Ich muss jetzt los. Sonst komme ich zu spät zum Leichenschmaus." Damit ging sie. Keine Einladung an mich.

Nachdenklich blickte ich ihr nach.

Nach der Beerdigung fuhr ich noch einmal ins Büro. Es war, als würde ich fremde Räume betreten. Neue Räume. Alles roch noch neu, unverbraucht, jungfräulich. War das wirklich mein Büro? Ich machte das Licht an, aktivierte die Heizung und setzte mich im Mantel an den Schreibtisch. Nachdenklich schloss ich die Augen. Ich lehnte mich zurück und genoss für einen Moment die Ruhe. Für Außenstehende musste ich den Eindruck einer Schlafenden erwecken, aber mein Geist war hellwach. Fünf Minuten später hatte er brave Arbeit geleistet. Ich nahm ein Blatt Papier, schrieb es voll, nahm ein weiteres, schrieb auch dieses voll, und begann ein drittes Blatt. Dann legte ich den Stift beiseite, betrachtete das Geschriebene und nickte zufrieden.

Nachdem ich die Notizen ein weiteres Mal gelesen hatte, verstaute ich die Blätter in der untersten der drei Schubladen des neuen Schreibtisches und entnahm ihr eine Taschenflasche, die ich am Vormittag dort deponiert hatte. Für besondere Momente. Müde betrachtete ich die braune Flüssigkeit in der Flasche. Sollte ich oder sollte ich nicht? War jetzt ein besonderer Moment oder nicht? Eher nicht. Trotzdem entschied ich mich für einen Schluck. Ein Detektiv muss sich immer wieder selbst motivieren. Also nahm ich einen Schluck. Aber nur einen, dann legte ich die Flasche brav zurück. Fünf Minuten später saß ich wieder im Auto.

Zu Hause ließ ich die Wanne ein und blieb darin, bis mein Körper an allen möglichen Stellen verschrumpelt war. Danach rubbelte ich mich ordentlich ab, jedenfalls so stark, dass die Schmerzen, die dadurch entstanden, noch zu ertragen waren. Nachdem ich einen neuen Verband angelegt hatte und in einen bequemen Jogginganzug geschlüpft war, machte ich mir ein Sandwich und setzte mich vor den Fernseher. Es war 18.50 Uhr. Ich schaltete auf WDR Bielefeld. Die Aktuelle Stunde berichtete von Walter Wortmanns Beisetzung, wie das Kamerateam es mir gesagt hatte. In einer Szene war ich sogar selbst zu sehen. Glücklicherweise dauerte die Einstellung nur den Bruchteil einer Sekunde; ich war nun mal kein Filmstar.

Irgendwann schlief ich ein. Als ich wieder erwachte, war es zweiundzwanzig Uhr. Ich machte mich frisch, zog mich an und setzte mich ins Auto.

Das Mindener Nachtleben fand wie üblich nicht statt, doch das NIGHT war wie bei meinem letzten Besuch nahezu gefüllt. Ich setzte mich an die Theke, hinter der wieder Toni stand und Drinks mixte. Genau wie beim letzten Mal. Ich fühlte mich sofort wohl. Ich bestellte eine Bloody Mary, sah zu, wie Toni sie mixte und mich misstrauisch anblickte, bezahlte und wandte mich dann der Show und den Zuschauern zu. Auf der Bühne tanzte ein nacktes Mädchen um einen Metallpfosten. Drei Kerle standen am Rand der Plattform, glotzten ihr zwischen die Beine und warfen ihr Geldscheine zu. Jede Wette, dass Johann Müller den größten Teil davon kassierte. Der Rest des Publikums hüllte sich in Zigarettenqualm und verfolgte die Show eher gleichmütig. Zwei barbusige Mädchen wuselten umher und versuchten den Gästen kostspielige Getränke aufzuquatschen. Clarissa war nicht zu sehen.

Als die blutige Marie in meinem Magen war, setzte ich mich an einen freien Tisch. Es dauerte nicht lange, bis eine der Barbusigen erschien und nach meiner Bestellung fragte. Ich orderte einen Kaffee, was bei dem Mädchen zu einem unfreundlichen Gesichtsausdruck führte. „Tut mir leid, Kleine", sagte ich, „mein Champagnerbudget ist bereits ausgeschöpft."

Die Poletänzerin verschwand von der Bühne und machte einem anderen Mädchen Platz, das zu den lieblichen Klängen von *Highway to hell* einen lieblosen Striptease hinlegte und zu jeder Wiederholung des Refrains provozierend ihre Vulva in den Zuschauerraum hielt. Frenetischer Jubel bei den Männern, angewiderte Gesichter bei den wenigen anwesenden Frauen.

Nachdem ich meinen Kaffee ausgetrunken hatte, blickte ich mich noch einmal um, stand dann auf und ging zurück an die Bar. Toni war gerade damit beschäftigt, Gläser abzutrocknen.

„Ist Clarissa heute nicht da?", fragte ich.

„Nope", antwortete Toni, ohne von seinen Gläsern aufzublicken.

Nope. Ich lachte innerlich. Offenbar dachte der Barkeeper, er befände sich in Hollywood. „Wann hat sie wieder Dienst?"

„Wer will das wissen?"

„Ich."

„Kenne ich nicht."

Ich öffnete meine Geldbörse und legte einen Zwanziger auf den Tresen. „Wann hat sie wieder Dienst?"

Toni stellte das Glas ab, an dem er herumfummelte wie ein Teenager am Busen seiner Freundin, grinste und griff nach dem Schein. „Gar nicht."

„Will heißen?"

„Clarissa kommt nicht mehr. Hat gekündigt."

„Gekündigt?" Meine Stirn legte sich in Falten. Sorgenvolle Falten. „Wann?"

„Sind Sie Lavinia?"

Ich nickte. Toni nickte auch, bevor er in einer Hintertür verschwand und nach einer Minute mit einem Umschlag in der Hand zurückkehrte. Er sah mich an und legte das Kuvert auf den Tresen. „Das soll ich Ihnen geben."

Es war ein normaler Briefumschlag, billiges weißes Papier, ohne Muster. Keine Aufschrift. Er war dünn und zugeklebt. Ich bestellte eine weitere Bloody Mary, öffnete das Kuvert und entnahm ihm ein handbeschriebenes Blatt Papier. Die Handschrift war krakelig und ungleichmäßig, als hätte der Verfasser unter Stress oder Zeitdruck geschrieben. Es war das Schriftbild einer Frau. Es passte zu Clarissa, und Clarissa war auch der Name, der am Ende des Briefes stand. Während ich meinen Cocktail trank, las ich den Brief. Es war anstrengend, weil er von Rechtschreibfehlern nur so wimmelte; aber der Text an sich war gut verständlich. Zu gut. Meine Stimmung verdüsterte sich von Zeile zu Zeile, doch je mehr ich mich dem Ende näherte, desto entspannter wurde ich wieder, nur um am Schluss weitere Sorgen in meinen Geist zu lassen.

Als ich den Brief ein zweites Mal gelesen hatte, faltete ich ihn zusammen, steckte ihn in den Umschlag zurück, verabschiedete mich von Toni und verließ die Bar. Ich schlenderte durch die Altstadt, lief durch die Ritterstraße, den Königswall und den Scharn, bevor ich schließlich zum Wagen zurückging und nach Hause fuhr.

16

Die Zeitung steckte bereits im Briefkasten, als ich am Morgen aufstand. Ich ließ sie dort stecken und fuhr mit dem Auto ins Moor. Es hatte gefroren in der Nacht, die Luft war eiskalt, aber angenehm. Meinen Waldlauf absolvierte ich schön langsam, damit meine Verletzungen nicht zu viel Schmerzen hervorriefen. Zurück in meiner Wohnung machte ich gymnastische Übungen, schön vorsichtig, aus dem erwähnten Grund, duschte und setzte mich im Bademantel an den Tisch. Zum Frühstück hörte ich NDR 2, und erst danach holte ich die Zeitung herein.

Es stand auf Seite drei (den Hinweis auf Seite eins überlas ich), reißerisch aufgemacht wie in der

BILD-Zeitung. Der Artikel erstreckte sich über zwei Drittel der Seite.

Johann Müller war tot. Offensichtlich ermordet, in einem seiner vier Mindener Bordelle. Nackt und an den Bettrahmen gefesselt. Sein Körper zerfetzt von Pistolenkugeln. Einschüsse im Genitalbereich, in der Brust und im Gesicht.

Ich legte die Zeitung beiseite und murmelte: „Hat es dich also doch noch erwischt." In die Zufriedenheit, die ich empfand, mischte sich allerdings eine sanfte Melancholie, die den ganzen Tag anhalten sollte.

Ohne die Zeitung weiterzulesen oder den Tisch abzuräumen, ging ich ins Bad, machte mich zurecht, zog mich an und fuhr ins Büro. Dort ordnete ich Unterlagen, setzte Schriftstücke auf, fertigte Kopien und schloss Papiere im Tresor ein.

Der nächste Gang ging zu meinem Anwalt. Als ich dort fertig war, fuhr ich nach Ströhen. Es war bewölkt, Schnee lag in der Luft, aber die Straßen waren frei und leicht zu befahren.

Das Haus der Wortmanns stand da, als wäre nichts geschehen. Zumindest von außen deutete nichts auf den verschiedenen Hausherrn hin. Eva erschien nach dem zweiten Klingeln, offensichtlich überrascht von meinem Auftauchen. Sie trug ein teures elegantes Kleid mit Pailletten. Das tiefe Dekolleté zeigte mehr als die Ansätze ihrer Brüste. Ein funkelndes Collier fing einen Teil der Blöße auf. Die Füße steckten in teuren Schuhen mit spitzen Absätzen. Ihr Haar war gemacht, das Gesicht dezent geschminkt. Dezent war auch das Parfüm, das mir entgegen schwebte.

Ich sparte mir die Begrüßung. „Wir müssen reden."

Ein Schatten fiel auf Evas Gesicht, aber sie trat beiseite und ließ mich ins Haus. Wir nahmen Platz im Wohnzimmer, das ich noch von meinem ersten Besuch kannte.

„Bist du allein?", fragte ich.

„Meine Schwester ist nach der Beerdigung abgereist."

Ich stellte meine Handtasche auf den Tisch und lehnte mich zurück. „Ist dein Geliebter zwischenzeitlich aufgetaucht?"

Evas Augen bekamen einen glänzenden Schimmer. „Nein", antwortete sie zaghaft.

„Er wird auch nicht mehr kommen."

„Wie kannst du so etwas sagen? Ralf lässt mich nicht im Stich. Er wird noch kommen."

„Um die Beute mit dir zu teilen? Ich muss dich enttäuschen, Eva. Er hat dich nicht im Gefängnis besucht. Er war nicht auf der Beerdigung. Er hat dich nicht besucht, seit du aus dem Gefängnis bist. Und er wird dich auch nicht mehr besuchen. Und dafür gibt es einen ganz einfachen Grund: Ralf Berger ist tot."

Eva erbleichte. Sie legte die Hände an den Mund. Ihr Körper sackte zusammen. „Was sagst du da?"

„Ralf ist tot, Eva. Er starb bei einem Verkehrsunfall. Aber es war kein gewöhnlicher Unfall. Jemand hat nachgeholfen."

„Ralf wurde ermordet? Aber warum?"

„Weil er seine Nase in Dinge steckte, die ihn nichts angingen. Genau wie du. Und noch etwas, Eva. Ralf Berger war nicht sein richtiger Name. In Wirklichkeit hieß er Rainer Buschmann und war ein Tunichtgut aus Gehlenbeck. Seine Wohnung in Minden war nur ein Liebesnest, um sein Doppelleben zu kaschieren."

Kraftlos fielen Evas Hände in ihren Schoß. „Ich verstehe das alles nicht. Was geht hier vor?"

„Wann, sagtest du, hast du Rainer – oder Ralf, wenn dir das lieber ist – kennen gelernt?"

„Vor drei Monaten etwa."

„Er war ein Geschäftsfreund deines Mannes, sagtest du."

Sie nickte stumm.

„Kann es ein, dass er vor eurer Beziehung von Walters Lebensversicherung wusste?"

„Was willst du damit sagen?"

„Kann es ein, dass er sich nur deshalb an dich herangemacht hat, weil er wusste, dass du die Begünstigte einer dicken Lebensversicherung bist?"

„Du willst doch nicht sagen ... Ich wusste ja selbst nicht einmal von der Versicherung."

„Doch, das tatest du", sagte ich leise.

„Nein. Ich gebe dir mein Ehrenwort."

„Versündige dich nicht weiter, Eva. Du wusstest davon."

„Warum sagst du so etwas? Ich ..."

„Ich habe Beweise, Eva. In Walters Akten habe ich seine Versicherungsunterlagen gefunden. Dabei war auch die Durchschrift des Antrags. Die Durchschrift trägt zwei Unterschriften: vom Antragsteller – Walter – und vom Begünstigten. Von dir, Eva. Du hast unterschrieben. Du hast die Begünstigung schriftlich angenommen. Willst du immer noch leugnen, von der Versicherung gewusst zu haben?"

„Wo hast du die Unterlagen her?"

„Das tut jetzt nichts zur Sache."

Sie rutschte unruhig hin und her. Trotzig warf sie ihren Kopf zurück. „Ich wusste nicht, was ich unterschrieb."

Meine flache Hand schlug auf den Tisch. Es schepperte laut. Ziemlich laut. Eva zuckte zusammen.

„Jetzt hör aber auf", schrie ich. „Du und nicht wissen, was du unterschriebst? Du bist Geschäftsfrau. Du weißt sehr wohl, was du unterschreibst."

Tränen brachen aus ihren Augen hervor. Doch es waren nur Tränen der Wut und der Enttäuschung. „Er wollte die Begünstigung annullieren. Er wollte mich enterben und auch noch die Versicherungsbegünstigung annullieren. Das konnte ich doch nicht zulassen."

„Und dann hast du ihn ermordet."

Eva sprang auf. „Ja, verdammt noch mal."

Ich lehnte mich zurück und starrte auf meine Tasche, die nach wie vor auf dem Tisch stand.

Eva ging zum Barschrank und schenkte sich einen Whisky ein. Nachdem sie ihn hastig hinuntergekippt hatte, nahm sie einen zweiten. Danach wurde sie ruhiger. Sie füllte das Glas ein drittes Mal, ohne jedoch zu trinken. Mit dem Glas in der Hand begann sie in der Wohnung auf und ab zu laufen.

„Es war Ralfs Idee", sagte sie leise, aber mit fester Stimme. „Du hast Recht, er hat von der Versicherung erfahren. Ich weiß nicht, wie, aber ich nehme an, Walter selbst hat es ihm erzählt. Zuerst war es nur ein irrer Gedanke. Ralf und ich waren übrigens schon vor der Versicherung zusammen, Walter schloss sie erst ab, nachdem Ralf und ich schon einige Male miteinander geschlafen hatten. Ralf fragte mich eines Tages, wie viel mir an Walter liegen würde. Ich sollte mal darüber nachdenken, was mir alles gehören würde, wenn Walter das Zeitliche segnete. Die Gedanken zweier frisch Verliebter, dachte ich; Blödsinn, der einem so durch den Kopf schießt, ohne dass man darüber nachdenkt. Ich wusste nicht, dass Ralf es ernst meinte.

Und dann erfuhr Walter von unserem Verhältnis. Im Nachhinein glaube ich, dass Ralf selbst es ihm erzählte, um die Sache zu beschleunigen. Nun, es kam, wie es kommen musste. Walter drohte, sich scheiden zu lassen und mich aus der Versicherung zu löschen. Ich erzählte es Ralf. Ich war verzweifelt. Ich wusste nicht, was ich tun sollte. Ralf fragte mich, ob ich Walter noch liebte. Ich musste nachdenken. Liebte ich ihn noch? Ich weiß nicht. Vielleicht. Wenn man verheiratet ist, schläft die Liebe langsam ein. Alles erstarrt in Routine. Man lebt miteinander, man ist an die Anwesenheit des Partners gewöhnt. Aber ist das noch Liebe? Und dann der Sex. Als wir uns kennen lernten, Walter und ich, hatten wir jeden Tag Sex, anfangs sogar zweimal am Tag. Doch mit den Jahren wurde es weniger. Zum Schluss taten wir es nur noch alle paar Wochen, routiniert, gelangweilt. Der Sex war zu einem Ritual verkommen, ohne Lust, ohne Seele. Und dann trat Ralf in mein Leben. Jung, frisch, lebhaft, mit einem knackigen Hintern und ausgestattet wie ein Hengst. Er war göttlich. So etwas hatte ich nie zuvor erlebt."

„Liebtest du Ralf?"

Eva runzelte die Stirn. „Doch. Doch, ich glaube schon. Am Anfang war es sicher nur Sex. Aber es entwickelte sich. Meine Gefühle für ihn wurden stärker. Doch, ich liebte ihn. Ich liebte ihn auch noch, als er vorschlug, Walter auszuschalten, um sein Vermögen für mich zu erhalten."

„Wie habt ihr es gemacht?"

Eva lachte. „Es war so einfach. Die Idee kam von Ralf. Ralf wusste, dass in jener Nacht ein Treffen am Nordpunkt anberaumt war. Walter gehörte dazu, Ralf und noch ein paar andere Männer, die ich nicht kannte. Ich weiß nicht, worum es bei diesem Treffen ging. Ralf hat mir nie etwas erzählt, und Walter natürlich auch nicht. Im Grunde wollte ich es auch gar nicht wissen.

Es war Ralfs Einfall, einen Privatdetektiv zu engagieren. Damit schlugen wir zwei Fliegen mit einer Klappe. Zum einen legten wir eine falsche Spur, indem wir Walter dem Verdacht des Ehebruchs aussetzten. Zum anderen sollte der Detektiv Zeuge des Treffens werden und des Streits, den Ralf anfangen wollte. Ralfs Plan war es, das Treffen beizeiten zu verlassen und sich selbst von jedem Verdacht reinzuhalten. Ich wartete die ganze Zeit im Dunkeln in der Nähe der Hütte."

„Und du warst es auch, die mich niederschlug."

„Ja. Ich benutzte Chloroform, um sicherzugehen, dass du auch wirklich bewusstlos warst. Als es so weit war, zog ich dich zunächst an die Seite, sodass du von den Männern, wenn sie die Hütte verließen, nicht gesehen werden konntest. Dann wartete ich, bis die Versammlung beendet war."

„Du warst also dabei."

„Ja, ich war die ganze Zeit da. Ich versteckte mich in der Dunkelheit. Ursprünglich sollte ich zu Hause warten, aber allein hätte Ralf Walter nicht ..." Sie stockte und schluckte, sprach aber sofort mit fester Stimme weiter. „Wir warteten, bis die Versammlung sich auflöste. Dann trat ich aus der Dunkelheit auf Walter zu. Er war natürlich überrascht, mich dort zu sehen. Er fragte mich, woher ich von dem Treffen wusste und wie ich hergekommen war. Ich tischte ihm Lügen auf. Meine Aufgabe war nur, ihn abzulenken. So konnte Ralf sich ihm ungesehen nähern und ihn ebenfalls mithilfe des Chloroforms ausschalten."

„Warum habt ihr ihn, nachdem ihr ihn umgebracht hattet, nicht einfach am Boden liegen gelassen?"

„Das wollten wir ursprünglich. Aber dann hatte Ralf die Idee, eine weitere falsche Spur zu legen. Wir zogen dich aus deinem Versteck und bearbeiteten deine Kleider, sodass es aussah, als hätte Walter versucht, dich zu vergewaltigen. Dann packten wir Walter, banden ihn an den Pfahl und ..."

„... schnitten ihm die Kehle durch. Sag es ruhig, Eva. Ihr habt ihn eiskalt ermordet."

„Ralf machte den Schnitt. Ich habe ihm nur geholfen, Walter an den Pfahl zu bringen."

„Was immer noch Beihilfe zum Mord darstellt und ebenfalls mit Gefängnisstrafe geahndet wird. Und wenn ich in jener Nacht erfroren wäre, hätte es sich um Doppelmord gehandelt."

„Ich wollte nicht, dass du so zurückbleibst. Aber Ralf sagte, so sähe es so aus, als hättest du Walter getötet. Was plausibel gewesen wäre angesichts der versuchten Vergewaltigung. Und wenn die Polizei diese Geschichte nicht glaubte, dann gab es ja immer noch das Syndikat als mutmaßlichen Mörder."

„Also das Syndikat oder ich. Wirklich clever, Eva. Wäre die Versicherung nicht gewesen, hätte euer Plan sogar aufgehen können."

„Was wirst du jetzt tun?"

„Die Polizei anrufen, natürlich."

Eva hob erschreckt eine Hand an den Mund. „Nein. Tu das nicht." Sie kam auf mich zu und legte ihre Hände auf meine Arme. „Wir teilen, okay? Ralf ist tot, sagst du? Du bekommst seinen Anteil. Wir teilen uns Walters Nachlass. Was hältst du davon?"

Ich befreite mich aus Evas Griff und stand auf. „Nein, Eva. Ich lasse mich nicht kaufen."

„Ich kaufe dich nicht. Es ist ein Geschäft. Eine Hand wäscht die andere. Ich zahle dich aus und du lässt mich laufen. Überleg doch mal. Eine halbe Million. Und auf dem Bankkonto ist auch noch was. Kannst du als Detektivin so viel verdienen?"

Ich schüttelte traurig den Kopf. „Es bleibt bei meinem Nein."

„Na gut, ich verstehe dich. Du willst weiter als Detektivin arbeiten." Ihre Stimme wurde nervöser und ging in ein schrilles Crescendo über. „Ohne fremdes Geld. Aber verschone mich, Lavinia. Lass mich laufen."

Ich stand still da und sah in Evas wässrige Augen.

„Steck mich nicht ins Gefängnis, Lavinia. Ich tu alles, was du willst, aber schick mich nicht zurück ins Gefängnis. Das halte ich nicht aus. Dort sterbe ich."

„Walters Tod war dir auch egal."

Eva schluchzte. Plötzlich stürzte sie zur Bar. Als sie sich wieder mir zuwandte, hielt sie eine Pistole in der Hand. Der Lauf der Waffe war auf mich gerichtet. Ihre Hand zitterte, dennoch würde die Kugel meinen Körper an irgendeiner Stelle treffen. Meine Gedanken konzentrierten sich darauf, Eva meine Angst nicht zu zeigen.

„Also gut, Lavinia, du lässt mir keine Wahl."

„Nein, du lässt mir keine Wahl, Eva." Ich bemühte mich, meine Stimme sanft und beruhigend klingen zu lassen. „Wir sind nicht in Hollywood. Ich bin nicht irgend so ein schmieriger heruntergekommener Fernsehdetektiv, der für Geld alles macht. Wir haben einen Ehrenkodex. Und dieser Kodex verbietet uns, Verbrechen jedweder Art zu unterstützen. Ich habe keine Wahl, Eva. Ich muss der Polizei dein Geständnis mitteilen. Du könntest dich auch selbst stellen. Es spielt keine Rolle. Wenn du einen milden Richter findest, bekommst du nur ein paar Jahre wegen Beihilfe. Wenn du abdrückst, haben sie dich am Arsch. Dieses Mal gibt es niemanden, auf den du die Tat abwälzen kannst. Alle Spuren führen zu dir. Wenn du mich abknallst, hast auch du einen eiskalten Mord begangen. Richtigen Mord, Eva. Lebenslänglich. Und wofür? Mein Tod würde dir überhaupt nichts nützen. Ich habe Beweise für deine Taten, und die verschwinden nicht mit meinem Tod. Sie liegen sicher bei einem Notar, zu öffnen und der Staatsanwaltschaft vorzulegen im Fall meines Todes. Also, Eva ..." Ich streckte die Hand aus. „Gib mir die Pistole."

„Ich gehe nicht wieder ins Gefängnis." Der Finger am Abzug krümmte sich. Ich versteifte mich, kniff die Augen zusammen und schloss mit meinem Leben ab. Der Schuss fiel. Seltsamerweise spürte ich nichts. Ich hörte, wie etwas dumpf auf dem Boden aufschlug. Ich öffnete die Augen und blickte direkt auf Evas blutüberströmten Körper.

17

Der Notarzt kam als Erster. Er fand zwei blutüberströmte Frauen, von denen eine reglos auf dem Teppich lag, während die zweite – ich – neben ihr kniete und ihr die Hand hielt.

„Sie lebt", sagte ich und räumte meinen Platz für den Arzt und die Sanitäter. „Aber Puls und Atmung sind kaum wahrnehmbar."

Während ich zusah, wie die Männer Eva in den Rettungswagen brachten, berichtete ich dem Arzt von dem Geschehen. Ich fragte nicht nach Evas

Überlebenschancen. Die finstere Miene des Arztes sagte genug.

Die Polizei kam fünf Minuten später. Müde sah ich zu, wie die Beamten eine erste Spurensicherung vornahmen. Ebenso müde gab ich meine Aussage zu Protokoll. Als ich aus dem Fenster blickte, sah ich draußen die Menge der Schaulustigen, die sich auf der Straße versammelt hatten.

Ich setzte mich auf die Couch und schloss die Augen. Als ich sie wieder öffnete, stand Horst Bremer vor mir.

„Großer Gott, Lavinia. Ist dir etwas passiert?"

Ich stand auf und blickte an mir hinunter. Meine Hände und meine Kleidung waren immer noch beschmiert mit Blut; ich hatte noch keine Gelegenheit gefunden, mich zu säubern. „Es ist nicht mein Blut", sagte ich. Dann begann ich zu erzählen, zuerst von den Ereignissen im Vorfeld von Evas Schuss, dann von Evas Geständnis. Als ich fertig war, ging ich zum Tisch, nahm meine Handtasche und holte einen kleinen Gegenstand daraus hervor, den ich Bremer entgegenhielt. „Mein Diktiergerät. Ich hatte es die ganze Zeit laufen, ohne dass Eva es wusste."

„Ihr Geständnis?"

Ich nickte.

„Meinst du, sie kommt durch?", fragte Bremer mit besorgter Stimme.

Ich senkte den Blick. „Sauberer Kopfschuss. Mich wundert, dass sie noch atmet. Aber Überlebenschancen?" Ich schüttelte den Kopf. „Eva hat ihren Richter gesehen."

Schweigend sahen wir den Polizisten bei ihrer Arbeit zu. Nach einer Weile sagte Bremer: „Gute Arbeit, Vinnie. Ohne dich würden wir immer noch glauben, dass Johann Müller Wortmann auf dem Gewissen hat."

„Anfangs tat ich das auch. Aber dann fand ich den Versicherungsantrag. Das Biest war ganz schön gerissen, hat mich nach Strich und Faden verarscht. Aber vor einem hatte sie tatsächlich panische Angst: vor dem Gefängnis.

Nun, was Müller anbelangt, werden wir uns wohl was anderes einfallen lassen müssen. Falls es überhaupt noch eine Rolle spielt. Buschmann zumindest geht auf sein Konto."

„Das glauben wir auch. Aber nach seinem unrühmlichen Ende werden wir wohl keine Beweise mehr erhalten."

„Wie ist er gestorben? Sag mir nicht, dass die Schüsse, von denen in der Zeitung die Rede war, alles waren."

„Nein, da war mehr. Sein Mörder oder seine Mörderin muss ihn ganz schön gehasst haben. Sein Körper weist Spuren schwerster Folterungen auf. Rektum und Testikel waren unrettbar zerstört. Selbst ohne die Schüsse wäre er gestorben."

„Habt ihr schon eine Spur vom Täter?"

„Nein. Aber es gibt da eine merkwürdige Sache. Heute Morgen wurde eins von Müllers Pferdchen tot in ihrer Wohnung aufgefunden, in der Bade-wanne, mit aufgeschnittenen Pulsadern. Alles deu-tet auf Selbstmord, aber wir ermitteln noch."

„Heißt das Mädchen Clarissa?"

Bremers Miene verfinsterte sich. „Lavinia, was weißt du?"

Erneut griff ich in meine Handtasche. Zum Vor-schein kam der Umschlag, den ich von Toni, dem Barkeeper, erhalten hatte. „Müllers Tod ist ge-sühnt. Es war Clarissa."

„Woher weißt du das?"

Ich hielt ihm den Umschlag entgegen. „Lies selbst."

Er öffnete das Kuvert, holte den Brief heraus und las ihn laut vor.

„Liebe Frau Borowski,

wenn Sie diesen Brief lesen, lebe ich nicht mehr. Ihr Besuch im *Night* hat mir die Augen geöffnet und mir gezeigt, dass mein Leben sinnlos ist. Ich bin eine Sklavin und werde niemals Müllers Ge-walt entfliehen können. Sie kennen seine Möglich-keiten nicht. Vielleicht hätten Sie es geschafft, mich hier rauszuholen. Aber Müller lässt sich so etwas nicht gefallen. Er hätte mich gesucht und gefun-den. Und er hätte sich fürchterlich gerächt. Sie wissen nicht, was er Mädchen antun kann. Ich ha-be Dinge gesehen ... Nein, es gab nur eine Mög-lichkeit. Aber ich wollte mein Leben nicht sinnlos beenden. Vorher sollte Müller dran glauben. Mög-licherweise wurde seine Leiche zu dem Zeitpunkt, da ich diesen Brief schreibe, schon gefunden. Deshalb hier mein Geständnis: Ich habe ihn umgebracht. Unter Vorspiegelung falscher Tatsachen habe ich ihn zu einem Schäferstündchen gelockt. Und dann habe ich mit ihm einige der Sachen gemacht, die er den Mädchen antut, die aufmüpfig werden. Ich musste ihm den Mund knebeln, sonst hätten seine Schreie halb Minden aufgeschreckt. Nach einer Stunde habe ich ihn von seinen Qualen erlöst. Mir bleiben zwei Perspektiven: die Rache seiner Männer und der Gang ins Gefängnis. Weder das eine noch das andere ist eine Erfahrung, die ich machen will. Ich lasse jetzt Badewasser ein. Ich bin gespannt, wie lange es dauert, bis alles Blut aus meinem Körper geflossen ist.

Seien Sie nicht traurig, Frau Borowski. Ich verdanke Ihnen meine Freiheit. In Freundschaft (auch wenn sie nur von kurzer Dauer war). Clarissa."

Bremer faltete den Brief wieder zusammen und schob ihn zurück in den Umschlag. „Das ist ein Beweisstück."

„Ich weiß", sagte ich. „Du kannst ihn behalten."

„Natürlich müssen wir ihn noch auf Echtheit überprüfen."

„Und ihr müsst ermitteln, wie sie an eine Waffe gekommen ist."

„Mich würde interessieren, wie sie an Müllers Bodyguards vorbeigekommen ist."

„Mit den Waffen einer Frau, vermutlich."

„Wie gut hast du sie gekannt?"

„Eigentlich gar nicht. Ich sah sie nur einmal. Du erinnerst dich an den Abend, als wir beide dieselbe Idee hatten und Müllers Bar aufsuchten, das *Night*? Ich hatte ein längeres Gespräch mit ihr auf dem Klo."

„Ist ihr Motiv glaubhaft?"

„Rache? Hundertprozentig. Sie hat mir erzählt, was Müller mit den Mädchen machte, wenn sie nicht parierten. Sie selbst hat auch gelitten. Und wenn man keine Hoffnung mehr hat ..."

„Müller war ein Schwein. Als Polizist dürfte ich das nicht sagen, aber ich bin froh, dass es so gekommen ist. Schade nur um das Mädchen."

„Ja. Seltsam, nicht? Der Mörder wurde ermordet. Hätte er Buschmann nicht töten lassen, wäre er noch am Leben."

„Er selbst hat den Prozess ausgelöst. Wer weiß, vielleicht war es seine Bestimmung. Warum er Buschmann ermorden ließ, werden wir wohl nie erfahren."

„Buschmann war gierig. Er wollte immer das schnelle Geld. Vielleicht wollte er ein größeres Stück vom Kuchen. Aber ein Johann Müller gibt nicht ab. Vielleicht wollte Buschmann aber auch nur aussteigen, nachdem er den Deal mit Eva Wortmann gedreht hatte. Aber ein Johann Müller lässt niemanden aussteigen."

„Eine weitere Frage wird ungeklärt bleiben. Warum hatte ein Mann wie Wortmann, der eine gute Position und ein gutes Einkommen hatte, es nötig, in den Mädchenhandel einzusteigen?"

„Diese Frage könnte uns vielleicht Eva beantworten."

„Die kleine gierige Eva. Ich fürchte nur, von ihr werden wir keine Antwort mehr erhalten."

Am nächsten Morgen stand ich früh auf. Ich ging Laufen, frühstückte und duschte heiß. Der Blick in den Spiegel war vielversprechend: Die Narben im Gesicht waren verheilt, weder von einer Schwellung noch von einer Verfärbung Restspuren. Die Rippen würden noch ein paar Wochen brauchen, aber auch dieser Schmerz würde vorübergehen.

Bereit um acht Uhr saß ich im Auto und fuhr ins Büro. Es roch angenehm nach neuen Möbeln, als ich die Tür öffnete. Ich aktivierte die Heizung und stellte die Kaffeemaschine an. Als es wärmer geworden war, zog ich die Jacke aus, setzte mich an den Schreibtisch, holte eine Akte hervor und schlug sie auf. Nach fünf Minuten holte ich mir einen Kaffee und schaltete den Rechner an. Zwei E-Mails waren im Postfach. Ich ließ sie unbeachtet, tippte ein paar Zeilen und trank meinen Kaffee.

Nachdem ich fertig war, druckte ich die Seite aus und heftete sie in die Akte. Danach holte ich einen weiteren Kaffee und öffnete das E-Mail-Programm. Die erste Mail war von Charlie. *Iss heute Mittag nichts. DJ und ich holen dich ab.*

Die zweite Mail war von Bremer. *Ruf mich an.*

Ich lehnte mich zurück, schloss die Augen und atmete tief durch. Dann griff ich zum Telefon und wählte Bremers Nummer.

Er kam sofort zur Sache. „Eva Wortmann ist heute Nacht gestorben."

Ich legte auf. Meine Augen wanderten zu der Akte auf meinem Schreibtisch und verweilten dort eine Weile. Dann wandte ich den Blick ab und schloss die Akte.

Zeitfracht Medien GmbH
Ferdinand-Jühlke-Straße 7
99095 Erfurt, Deutschland
produktsicherheit@kolibri360.de